dear+ novel
Kemono wa kakushite maguwau・・・・・・・・・・・・・・

獣はかくしてまぐわう

沙野風結子

新書館ディアプラス文庫

獣はかくしてまぐわう

contents

獣はかくしてまぐわう

鹿倉陣也
（かぐら・じんや）
警視庁組織犯罪対策部
二課刑事。30歳。
ゼロとはギブアンドテイクの
関係を結んでいる。

桐山俊伍
（きりやま・しゅんご）
東京地検特捜部検事。37歳。

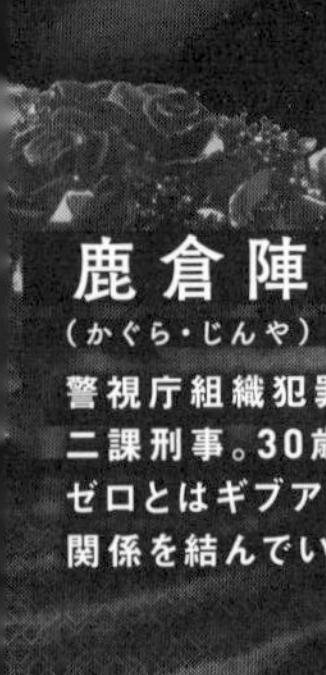

早苗 優
（さなえ・すぐる）
警視庁組織犯罪対策部
二課刑事で鹿倉の後輩。
28歳。

Kemono wa
kakushite maguwau

登場人物紹介

煉条
（れんじょう）
東界連合の幹部。21歳。
ゼロ
無戸籍児集団
「エンウ（煙雨）」のトップ。
遠野亮二
（とおの・りょうじ）
半グレグループ・
東界連合の
リーダー。36歳。
ハイイロ
エンウのメンバー。
裏カジノの
ディーラー。
カタワレ
エンウのメンバー。
プログラマー、
ハッカー兼運転手。
リキ
エンウのメンバー。
地下闘技場の
ファイター。

illustration：小山田あみ

獣はかくしてまぐわう

Kemono wa kakushite maguwau

十月下旬ともなれば、朝は肌寒い。

鹿倉陣也《かぐらじんや》は毛布一枚を仰向《あおむ》けの裸体に絡みつかせて目を開けた。皮膚《ひふ》の表面はひんやりしているのに、その下には熱が籠《こ》もっている。さらに深い身体の芯は甘ったるく熟《う》んだままだ。

自分のマンションではない部屋のこのベッドで目を覚ますのには、いまだ慣れない。

初めてここであの男とともに朝を迎えたのは、八月終わりのことだった。あれから二ヶ月足らず——鹿倉は指折り数えてみる。それでもすでに、今回で五泊目だ。

泊まらなかった日も含めれば、十回はこの中目黒《なかめぐろ》にあるランデブー専用の部屋で会っている。

「……ベタつきすぎだろう」

苦い顔で呟いて身体を起こそうとした鹿倉はしかし、起き上がりそこねて舌打ちする。腰を捻《ね》じって腕の力でなんとか上体を起こしたところで、寝室に男がはいってきた。

「なんだ、腰が立たないのか?」

シャワーを浴びてきたらしく、上半身裸で黒髪を濡らしているゼロを、鹿倉は睨《ね》め上《あ》げる。

「誰のせいだ?」

「んー、俺のせいだな」

ゼロがにやつきながら、ペットボトルのスポーツドリンクを呷《あお》る。繰り返される嚥下《えんげ》に、逞《たくま》しい喉元から厚みのある胸部が大きく蠢《うごめ》く、……それが、昨夜の行為のさなかの、自分に覆《おお》い被《かぶ》さって好き放題しながら喘《あえ》ぐ男の様子を彷彿《ほうふつ》とさせた。とたんに、体内を激しく抉《えぐ》られる感触までなまなましく甦《よみがえ》ってきて、鹿倉は眉間《みけん》の皺《しわ》を深くした。

昨夜、指定されたとおりに零時を回ってからこの部屋につくと、リビングのローテーブルのうえにホールケーキが置かれていた。

苺《いちご》がぐるりと等間隔《とうかんかく》に並べられ、生クリームでデコレーションされた、絵に描いたようなスタンダードなケーキだ。

そのケーキの真ん中には、"Happy Birthday"とチョコレートで書かれていた。

それを見て鹿倉は、自分がほんのついさっき三十一歳になったことに気づいたのだった。ついでに、去年もおととしも認識しないままいつの間にか誕生日を通り過ぎたことを思い出した。仕事に追われてそれどころではなかったのだ。

『まさか、これを食わせるために俺を呼び出したのか？』

胡乱《うろん》な顔で尋ねる鹿倉の腕を摑んでソファに座らせると、ゼロはスパークリングワインをグラスに注いだ。

『これは前戯《ぜんぎ》で、本番は別にある』

『ネタがあるってことか？』

『ああ、特大級のネタがな』

その返事に、鹿倉は切れ長な目を輝かせた。

『どんなネタだ？』

せっつくと、ゼロからフォークを手渡された。

『まずは食え』

前戯を飛ばしての本番はなしらしい。仕方なく、鹿倉はホールケーキに向き合う。そして胸に重苦しい痛みを覚えた。

姉弟のように育った近所に住む従姉《いとこ》の春佳《はるか》は毎年、鹿倉の誕生日にケーキを手作りしてくれた。お世辞《せじ》にも料理上手《じょうず》とはいえなくて、スポンジがうまく膨《ふく》らんでいなかったり、デコレーションが不格好だったりしたものだが、それでも鹿倉は毎年それをひそかに楽しみにしていた。

二度とそのケーキを食べられないことを知ったときの苦しみが甦る。

その苦しみを呑みこむように、鹿倉はホールケーキにじかにフォークを突き刺して大きな欠片《かけら》を口に詰めた。黙々と食べていると、ゼロも同じようにケーキにフォークを突き立てた。

そしてそれを頬張り、まるで苦いものを食べたような顔をする。

単にこの手の甘いものが苦手なのだろうが、同じ苦しみを分けて呑みこんでいるような気持ちになった。

実際のところ、自分たちを結びつけたのは、そういうものなのだ。

同じ敵を潰《つぶ》すために、鹿倉はゼロを飼い、ゼロは鹿倉を飼っている。

最後までひとりで闘《たたか》い抜《ぬ》くことを決意して警察官となったが、同じ決意をいだく者がいまはこうして並走してくれている。

ケーキの甘さが、頭の芯に沁《し》みた。

そうしてふたりがかりで胃もたれする前戯を終えたのだが、本番はベッドでの、そのままの意味の本番だった。

結果、いまはこうして腰が立たない状態になっているわけだ。

「ほら」とゼロから差し出されたペットボトルを受け取ると、鹿倉は喉を鳴らしてそれを飲んだ。昨夜のケーキはエネルギーに変換されて、すっかり使い尽くされたらしい。萎《しぼ》んだ細胞に清涼飲料水が染みわたる。

軽くなったペットボトルをゼロの割れたみぞおちに叩きつけて返しながら鹿倉は問う。

「おい、特大級のネタはどこにいったんだ?」

ゼロが残りを飲み干して、空《から》になったペットボトルをフローリングの床に放る。

そしてふてぶてしい表情でこちらを見下ろしながらベッドに片膝を載せて、覆い被さってくる。圧《お》し負《ま》けるものかとうしろ手をついた腕に力を籠めて見返していると、顔が近づきすぎた。

ゼロが小首を傾《かし》げるようにした。唇が触れ合う。

「…っ」

鹿倉は顔をそむけて横目でゼロを見据《みす》える。

「誤魔化すつもりか？」

ゼロが耳に口を寄せてきた。

「遠野《とおの》が一時帰国を目論《もくろ》んでるらしい」

抑えられた声音と内容に、脳が強く痺《しび》れた。

鹿倉は至近距離から改めてゼロの眸《ひとみ》を凝視《ぎょうし》する。原初の闇《やみ》のように黒いその眸には、熾烈《しれつ》なエネルギーが凝縮《ぎょうしゅく》されている。それはこの男の魂《たましい》そのものだ。

「……本物のネタなわけだ」

こみ上げる激情に、鹿倉の胸は激しくわななく。

遠野亮二《りょうじ》。三十六歳。

関東地方を中心とする半グレグループ・東界《とうかい》連合のリーダーだ。

遠野は十四年前、当時二十歳だった大石《おおいし》春佳――鹿倉の従姉で、当時は看護学校の学生だった――に近づいて連れ去り、彼女を薬物漬《づ》けにして人身売買の餌食《えじき》にした。春佳はその二年後、客の男によって命を奪われた。客の男は自殺し、被疑者死亡で不起訴《ふきそ》となった。

あの時から鹿倉にとって遠野亮二は、どんなことをしてでも潰さなければならない存在となったのだった。

ゼロの黒い双眸《そうぼう》に見詰められる。

「俺たちの向かう先は同じだ」

日本の暗部とじかに繋《つな》がる「エンウ」という組織をまとめるこの男にとっても、遠野と東界連合は壊滅させなければならない存在であるという。

だから、自分たちは繋がった。

一年前の今日は存在すら知らなかった男が、いまは同じ方向へと走っている。

それはひどく奇妙で——心強かった。

1

「マカオマフィアが進出って、これも統合型リゾート《IR》誘致の弊害《へいがい》ってやつですかね?」

聞きこみを終えて雑居ビルの階段を降りながら、早苗優《さなえすぐる》が大袈裟《おおげさ》な溜め息をついた。

鹿倉《かぐら》は斜《なな》めうしろに従う後輩の、眼鏡《めがね》をかけたカワウソのごとき小動物感溢《あふ》れる姿を横目で眺める。早苗が警視庁組織犯罪対策部二課に配属されて一年半になるが、相変わらず組対《そたい》刑事らしさは微塵《みじん》もない。それどころか刑事と名乗っても信じてもらえないほどで、実際いまさっきも聞きこみ先のバーのバーテンダーから胡乱《うろん》な目で見られていた。

「お前はいつになったらコツメカワウソを卒業して、オオカワウソになるんだ?」

「だからカワウソ呼ばわりはパワハラですって」と返しながら、早苗がスマホを操作しだす。そしてヒッと声をあげた。

階段の踊り場で腕を摑まれて、スマホを突きつけられる。

「オオカワウソって、これですよ？」

極悪な顔つきで獲物にかぶりついているケダモノの画像だ。口からは血を滴《したた》らせている。

「こいつはワニにも襲いかかる。食物連鎖《れんさ》の頂点だ」

「食物連鎖の頂点……」

改めてオオカワウソを見た早苗が身震いして画像を消した。

「僕はコツメカワウソでけっこうです」

「まぁお前はキューキュー鳴いてるぐらいでちょうどいいか」

鹿倉は半笑いで階段をくだりきり、雑居ビルから出ようとして——ふいに身を硬くした。早苗が背中にぶつかってくる。

「なんで急に立ち止ま……」

狭《せま》いエントランスの天井灯《てんじょうとう》がブブブ…と音をたてて不安定に明滅している。汚れたガラスドアが開放されたままの出入口。そこから漂《ただよ》う嫌な気配が濃厚になり、鹿倉の首筋をピリつかせる。

……現れたのは、人の視線を力ずくで奪う青年だった。

背は鹿倉よりいくらか低い。紫色のハイネックのカットソーに細身の黒革のパンツ、ハイブリッドブーツという格好で、ほっそりとしていながらもしなやかな筋肉に鎧《よろ》われた肉体のラインを見せつけている。

顔立ちは女性的に整っていて、ツーブロックの髪をうしろで束《たば》ねている。色白で目と髪の色は淡い。

しかしなによりも印象に強く刻まれるのは、その気配の狂暴さだった。

横に長い目許《めもと》とふっくらした口許に滲《にじ》む笑みを見ていると、笑顔の起源が威嚇《いかく》だったという説が腑《ふ》に落ちてくる。

この青年が何者であるかを、鹿倉は知っていた。

――煉条《れんじょう》。

こうしてじかに顔を合わせるのは初めてだが、煉条は東界《とうかい》連合の幹部だ。これまで東界連合絡みのさまざまな事件に関わっていると噂《うわさ》されながらも、警察の手からするすると逃げおおせていた。

そのため、「煉条」と本人が名乗り、そう呼ばれていることぐらいしか明確にはわかっていない。年は二十一歳らしいが、それすらも定かではない。

鹿倉は以前から煉条に強い関心を寄せてきた。

なぜなら遠野亮二《とおのりょうじ》のもっとも熱心な信奉者《しんぽうしゃ》が煉条であるからだ。遠野もまた、煉条のことは別格に扱《あつか》っていたらしい。

――遠野が一時帰国する際、煉条はかならず動く。

じりじりとした気持ちで凝視《ぎょうし》していると、煉条のなめらかな眉間に皺が刻まれた。それでいて目尻と口許には笑みを滲ませたまま、まっすぐ鹿倉へと向かってくる。

首筋のピリつきは、いまや痛みに近いものになっていた。

鹿倉は険《けわ》しい視線で煉条を迎え撃つ。

すぐ目の前で立ち止まった煉条が、顎《あご》を上げて唇を開いた。

「煉条ぉ」

レにアクセントを強く置いて甘く語尾を伸ばすのが、異様で独特だった。

ただ名乗っただけなのに狂気が場を支配する。

みぞおちのあたりがゾッとするのを覚えながら、鹿倉は淡々と返す。

「組対の鹿倉だ。俺のことは知ってるだろう」

「知ってる」

まるで子供のような舌足らずな発音で言いながら、煉条が笑みを深くする。

「僕はお前のこと大っ嫌い」

「奇遇だな。俺もお前は好みじゃない」

すると不服げに煉条が頬を膨《ふく》らませた。

なまじ女顔なだけに、あざとい蠱惑的《こわくてき》な表情にも見える。

そして煉条が顎を引いて、急に声を低くした。

「お前のこと、潰すから」

一気に甘さがこそげ落ち、白目がぎらりと光る。

鹿倉は奥歯を噛み締め、目を据《す》えた。

無言で睨《にら》みあっていると、煉条のツレが「いまはやめておけ」と声をかけた。

煉条は舌打ちすると踵《きびす》を返して、そしてもう鹿倉のことなど意識から消えたかのように、

「いこーいこー。今晩もキメまくるよぉ」と、ツレの男の腕に腕を絡みつけた。

ふたりがビルから出て行くと、うしろで早苗が潜水でもしていたかのように音をたてて大きく息を吸った。

「ほ、本気でビビりました」

「涙目になってるぞ」

「なりますよ！　あんなのが急に出てきて絡んできたら」

——急に出てきて、か。

煉条はこの雑居ビルに用があったわけでもなく、自分たちが階段を下りてきたタイミングで現れた。偶然ではないだろう。

——聞きこみをしたバーが東界連合と繋がってたのか。あるいは、俺の動きを追ってるのか

……。

東界連合にとっては、執拗《しつよう》にあたりを嗅《か》ぎまわる鹿倉陣也《じんや》はただでさえ天敵だ。しかもいまは遠野の一時帰国の件もあり、いっそう鹿倉の動きに神経を尖《とが》らせているに違いなかった。

遠野が一時帰国する可能性があることはすでに組織犯罪対策部で情報共有がされており、全国の空港をはじめとする要所要所に通達が回っている。

難しい顔でビルをあとにした鹿倉の横に並びながら、早苗が言う。

「いまので、よくわかりました」

「なにがだ？」

早苗が凶悪なケダモノの画像をふたたびスマホに映し出して、鹿倉に見せた。

「あれがオオカワウソですよ」


「どこに向かってるんだ？」

窓にスモークフィルムを貼られたワゴン車の後部座席、鹿倉は向かい合わせに座るゼロに尋ねた。

つい二十分ほど前、中目黒《なかめぐろ》のマンションにゼロを呼び出して「煉条の情報が欲しい」と求めたところ、「なら、ちょうどいいから連れて行ってやる」とマンションから連れ出され、このワゴン車に乗せられたのだった。

運転席にいる一見すると堅気《かたぎ》のサラリーマンにしか見えない男は、エンウのメンバーの「カタワレ」だ。

エンウのメンバーであるというのは、無戸籍児として生を享《う》けたことを意味する。彼らはさまざまな事情により戸籍を得られず、幼いころから日本の暗部を彷徨《さまよ》いながら生き延びてきた。そしていまはゼロのもとで、人としてのかたちを得ている。

エンウとは「煙雨《エンウ》」なのだという。

一粒一粒は定かに見えないほど細かな雨粒が群れとなり、夜闇に融《と》けながらひそかに世界を覆っている。

無戸籍児は日本に一万人以上いるといわれているが、本当のところは国でも実数を把握《はあく》できていない。

東界連合が社会のレールから外れた者たちの集まりだとすれば、エンウはなにもない暗がりを手探りで歩いてきた者たちの寄り合いだ。

そして鹿倉の知る限り、エンウは暴力や強迫によって利益を得る集団ではない。過酷《かこく》な状況に置かれた外国人技能実習生や、騙《だま》されて連れてこられた不法入国者に救いの手を差し伸べている。

エンウの者たちはみずからのことを「ヒ・コクミン」とし、正規の戸籍を有する「コクミン」とは区分している。ヒ・コクミンと口にするとき、彼らはどこか誇《ほこ》らしげですらある。彼らの目に柵《さく》の内側で守られているコクミンは、果たしてどのように映《うつ》っているのか……それはコクミンである鹿倉には想像できるものではない。

想像できないなら、せめて柵に近づいてみるしかない。

――ゼロのいる世界を知りたい。

その想いは彼に会うごとに嵩《かさ》を増していた。

車が六本木《ろっぽんぎ》のビルの地下駐車場にはいると、黒地に青いペイントがほどこされた、顔の上半分が隠れるフォックスマスクをゼロから手渡された。

「建物内ではこれを絶対に外すな」

それを受け取りながら、鹿倉は険《けわ》しい顔で確認する。

「ここは『不可侵城《ふかしんじょう》』だな？」

「ああ、そうだ。一応はどんな場所かわかってるんだろう？」

「まあな」

緊張に鹿倉の頬はわずかに強張《こわば》る。

不可侵城。

それは招待カードを所有する者だけがはいることのできる六本木にある多目的ビルだ。闇カジノから芸能人の売春斡旋《あっせん》、その他あらゆる裏ビジネスがここでおこなわれているという。警察もこの建物内で起こることには介入できない。なぜなら、警察幹部にも常連客がいるからだ。

また、ここで起こったことをネタとして売ることはできない。もしそのようなことをすれば、国家権力と反社会勢力から一度に狙《ねら》われることになり、確実に存在を抹消《まっしょう》される。オーナーは外国人であり、暴力団も半グレもここでシノギを得ているが、建物内での揉《も》め事《ごと》はいっさい禁止されている。それを破るということは、この建物から出られなくなることを意味する。

まさに不可侵の城だ。

しかし、そういった情報も鹿倉は噂半分で聞いたことがあるに過ぎず、このビルに足を踏みこむのも今日が初めてだった。言わばこの建物自体が巨大なＶＩＰルームのようなもので、招待カードを入手できる層は限られているのだ。

鹿倉がフォックスマスクをつけると、ゼロも黒いゾロマスクで顔の上半分を隠した。

そしてゼロは鹿倉の右手首に黒いスマートウォッチのようなものを着け、自身の右手首にも同じ機器を巻いた。

「このなかに招待カード情報がはいってる。お前のはＢランク、こっちのはＳＳランクだ。ランクが上がるごとにはいれるエリアが増える。今日はＢランクのエリアで足りる」

「SSランクが最上級なのか？」

「ああ。これ以上はオーナーカードぐらいだな」

車を降りる前に、ゼロが念を押してきた。

「なにがあっても揉めるな。目を瞑《つぶ》れ。いいな？」

「わかってる」

そう返すものの、しかし目の前で凶悪な犯罪行為がおこなわれた場合、反射的に反応せずにいられるのか。半狐面の下で眉根を寄せると、まるでその表情が見えているかのようにゼロが鹿倉の右手首のものを指でつつきながら言ってきた。

「お前が見るべきじゃないものは、基本見せない」

少なくともBランクのエリアはそれほどディープではないのだろう。

ゼロの肉厚な唇がにやりとする。

「こらえ性《しょう》がなくて、すぐに噛みつきたがるからな」

反論に口を開きかけると、噛みつかれる前にゼロが車を降りた。そして運転席のカタワレに「三時間後に迎えに来い」と告げる。鹿倉が降車すると、ワゴン車は駐車場を出て行った。

見れば駐車場に停まっている車は疎《まば》らだ。

こんなところにナンバープレートを晒《さら》して駐めておきたい者は少ないからだろう。

地下駐車場から一階までエスカレーターで上がる。エントランスは壁も天井も黒大理石が張り巡《めぐ》らされ、黒い床にはオリエンタルな紋様が浮き上がっている。

どこに扉があるのかすらわからない空間を左手奥へと進む。突き当たりの壁の前でゼロが「ここに右手首を翳《かざ》せ」と言ってきた。ふたり並んで壁に右手首の機器を向ける。

「パープル一枚、グリーン一枚の招待カードが認証されました」と女性の音域の機械音声が流れた。

すると、目の前の壁の一部が奥に引っこんで横にスライドした。

大きな円柱型のラウンジが現れる。その黒い床の中央には巨大な蒼い蓮《はす》の花が、ブラックライトで浮き出ている。そこにはザッと見て四、五十人の男女がいた。

いずれも顔の半分以上が隠れる仮面をつけている。ゼロのしているゾロマスクはスタンダードなものらしく、それをつけている者が複数いた。ドレスコードはないのか、服装はバラバラだ。鹿倉のようにスーツを着ている者もいれば、ゼロのようにライダースジャケットの者もいる。女性客も会社員風からカクテルドレスに着物までさまざまだ。なかにはスウェットにサンダル履《ば》きの男もいたが、その左手首にはリシャール・ミルの一億円を下らない腕時計が嵌《は》められていた。

壁には五つのエレベーターがあり、その扉は左から紫、赤、青、緑、灰色に塗《ぬ》られている。

「エレベーターはランク分けされているんだな?」

「ああ、SSからCまでな。自分のカラー以下のエレベーターを使用できる」

そうゼロが説明する端から、ビーッビーッという音が響いた。白いのっぺりとしたフルフェイスの仮面をつけた黒服の男たちが駆けつけ、赤いエレベーターから男を引きずり出した。

「各所のセンサーでランクが読み取られてる。ルールを破れば、ああいうことになる。招待カードは減点方式で、ルール違反をするごとにポイントが引かれていく。ポイントがゼロになった時点で失効してカードは使えなくなる」

「この機器で個別認識されて監視されているわけか」

「そういうことだ」

招待カードはランクが上がるほど入手困難で、Cランクですらそうそう手にはいらないという。匿名性《とくめいせい》を保ったまま問題のある客を排除するのには効率的な方式だ。

ゼロに促《うなが》されて、鹿倉は緑の扉のエレベーターに乗った。内装も緑で、パネルに並んでいるボタンはB2・1・3・4・5・9となっている。B1は地下駐車場だが、そこには直接行けないようになっていた。このビルは十三階建てで地下は三階まであるはずだが、Bランクでは行ける階がかなり制限されているわけだ。

ゼロがB2のボタンに触れる。

地下二階にしてはずいぶんと深く下りたような体感と時間があった。ようやくドアが開く。とたんに、歓声と人々が足を踏み鳴らしているらしい音がウワンと押し寄せてきた。

ゼロについてエレベーターを降り、ゲートを通る。その際、右手首の機器がチカリと光った。

入場認証がおこなわれたのだろう。

ゲートの向こうには、驚くほど天井の高い空間が開けていた。

中央を向くかたちでぐるりと赤い革張りの階段席があり、中央には金網フェンスを張りめぐらせた八角形のリングが据えられている。

——地下闘技場、か…。

場内には数百人の観客がいて、リングの周りを取り囲んでいる者もいれば、階段席に座っている者もいる。いまおこなわれている試合に高額を賭《か》けているらしい観客たちが絶叫している。試合を撮影しているのか、ドローンがリングのうえを三機飛びまわっている。

フェンスのなかで間合いを取りながら時計回りに動いているふたりの男を、ゼロが指差す。

「ランキング二位と三位だ」

どちらもがっしりとした立派な体軀《たいく》をしている。二位のほうは黒のタンクトップにミリタリーパンツにミリタリーシューズ。三位のほうは古代紋様を思わせるタトゥーが拡がる上半身を露《あら》わにしていて、下は黒いロングボクサーパンツとレスリングシューズだ。両者ともレスリングマスクをつけていて顔は見えない。

鹿倉は、タトゥーのはいったほうの男を凝視した。その身体つきに見覚えがあるような気がしたのだ。

ミリタリー男のほうが痺《しび》れを切らしたように飛びかかっていく。ラフプレイが許されているらしく、その拳《こぶし》にはメリケンサックが嵌《は》められている。タトゥー男の顔面へとそれがめりこむ――かと思ったが、彼は上体を深く伏せると相手に下から突き上げるタックルをかました。まるでブルドーザーにもち上げられたかのようにミリタリー男の身体が宙に浮く。メリケンサックがふたたびタトゥー男の頭部へと振り下ろされるが、その前にミリタリー男の身体はフェンスへと投げ飛ばされた。

ミリタリー男の身体がぶつかったとたんに、金網フェンスがバチバチバチ…と激しい音をたてて火花を散らした。電流が流されているのだ。

もんどりを打ったミリタリー男に、タトゥー男が腕ひしぎ逆十字固めをかける。嫌な音があがり、ミリタリー男の腕はあらぬほうへと曲がった。

右腕が骨折した状態でミリタリー男が腰のホルダーからナイフを抜く。それはタトゥー男のふくらはぎへと突き立てられたが、筋肉の鎧《よろい》で刃は通らない。タトゥー男がミリタリー男の首に太い腕を巻きつけて落としたところで試合終了になった。

タトゥー男が立ち上がり、失神しているミリタリー男を踏みつけた。

その動作で、鹿倉は気が付く。

「あれは……リキか」

エンウのメンバーであり、ゼロに命じられてカタワレやハイイロというピアス少年とともに鹿倉の見張り兼ボディガードをしている男だ。

ゼロが満足げに言う。

「前回も一気に骨までヤっとけば勝てたんだ」

「リキは丸腰だが、凶器の使用はありなのか？」

「ああ。基本的になんでもありだが、銃や硫酸《りゅうさん》や毒ガスは客に被害が出るから禁止されてる」

「……死人が出たことはないのか？」

尋ねると、ゼロが肩を竦《すく》めた。

「少なくともリングのうえで死亡確認された奴《ヤツ》はまだいないはずだ」

表社会と裏社会のＶＩＰはとことん刺激に飢《う》えているらしい。

口許を歪める鹿倉の肩にゼロが腕をまわし、耳に口を寄せる。

「トーナメント戦なら準優勝二千万、優勝五千万。それが毎週手にはいる。しかもこの建物内で儲《もう》けた金は非課税だ」

正確には脱税だが、そもそも国の上層部もここでは不可侵を貫《つらぬ》いているわけだから、公的に非課税であるも同然だ。

次の優勝決定戦は一時間後だということで、ゼロがＢランクではいれるエリアを順繰りに案内してくれた。

地下二階は地下闘技場、一階はラウンジ、三階はクラブ、四階はバー、五階はカラオケ、九階はレストランとなっていた。カラオケとレストランとバーはＶＩＰ用が上層階に別にあるという。

「有名芸能人から銃にドラッグまで、ここで買えないものはない」

半狐面の下で鹿倉が顔をしかめたのを見透かしてゼロがからかう。

「清純派のお前に見せられるのは、せいぜいBランクまでってことだ」

ふたたび地下闘技場に戻ると、ちょうどリングにファイターが入場するところだった。

ひとりはリキ、もうひとりはリキよりも軽くふた回りは身体の小さい男だった。それでも身長は標準よりはありそうだが、全体的にほっそりとした印象だ。

怪訝に思いながらゼロに確認する。

「あれがランキング一位なのか？」

「ああ、あいつが参加したトーナメントでほかの奴が優勝したことはない」

鹿倉は遠目から改めて一位の男を眺める。ハイネックの黒いノースリーブに、ぴったりとした黒いパンツ姿で、上下ともに光沢のある素材のせいでなまめかしいラバースーツのようにも見える。頭部はラバーマスクをすっぽり被っているが、目許と口許だけは露出《ろしゅつ》している。

項《うなじ》に痛みに似た痺れが走る。

つい最近にもこの感覚に襲われたことがあった。

「あの一位の男は――」

思い出そうとして呟く鹿倉に、ゼロが小声で答えを教える。

「煉条の情報が欲しかったんだろ」

試合開始のゴングが鳴り響く。

それとほとんど同時に、煉条がリキへと飛びかかった。リキの拳をみぞおちに受けながらも、煉条はリキの逞しい首に両腕で抱きついた。そして両脚をリキの腰に巻きつける。まるで熱い抱擁《ほうよう》のようでもある。

リキの拳が煉条の脇腹や背中を打つが、力がはいりきらないようだ。

よくよく見てみれば、しなやかに巻きついているだけのように見える煉条の腕や脚には筋肉の流れがくっきりと浮かび上がっていた。

蛸《たこ》に絡みつかれて骨を砕《くだ》かんばかりに締め上げられているかのようにリキがよろける。

いつしかリキの手の動きは殴るものではなく引き剝《は》がすためのものになっていた。そして剝がせないと判断すると、彼は金網フェンスに向けて猛然と走りだした。

煉条の身体がフェンスに押しつけられ、とたんにバチバチという電流の音と火花が散った。

さらには仕掛けられていた小型爆弾が爆発して炎と煙が上がる。

……しかし、煉条はリキを放さない。

硝煙《しょうえん》に澱《よど》んだ空気を切り裂くような哄笑《こうしょう》が、地下闘技場に響き渡る。

煉条の哄笑だ。

小型爆弾が次々に爆発し、ふたりの身体がひとつになってガクガクと跳ねる。

ついにリキの肉体が大きく揺らぎ、うしろへとばったりと倒れた。

大の字に伸びた男のうえで、煉条が身をくねらせる。そうして上体をもがき起こして、騎乗位の体勢になった。

そのまま背を弓なりに反らして、両腕を宙に突き上げる。

シン…としていた闘技場に、ドッと歓声が沸き起こった。興奮の足踏みが床を震わせる。

白衣の男がリング内にはいって、リキの失神を確かめる。

ほんの十分足らずの闘いだったが、強い刺激を受けた観客たちは満足げだ。

「相変わらず、エロいな」

ゼロがぼそりと呟く。

認めたくないが、確かに性的興奮に似たものを鹿倉も覚えていた。そしてそれと同じぐらい寒気を覚えてもいた。

鹿倉は剣道に覚えがあり、全国警察剣道選手権大会で準優勝を獲《と》ったこともある。しかし、かつてゼロから言われたのだ。

『剣道の腕は確かにある。刑事としてもなかなか優秀だ。だが、所詮《しょせん》はお約束のなかでの評価でしかない』

『お約束の外側は、俺の世界だ。俺の言うとおりにしていろ』

『お前は俺が守ってやる』

腕に覚えがあるからこそ、鹿倉はそれを屈辱的《くつじょくてき》な戦力外通告のように感じた。

けれども、いま改めて、ゼロの言っていた意味が理解できていた。

「あれがお約束の外側の戦い方か……」

呟くと、ゼロが「あそこまで保身なしのノールールも珍しいけどな」と苦い声で言う。

早苗に見せられたオオカワウソの画像が頭をよぎる。

ジャガーすら撃退し、ワニをも襲撃する頂点捕食者。

煉条は体格に恵まれているわけではなく、顔にいたっては美女で通用するほどだ。しかしその戦いぶりは、自身にどれだけダメージを受けようが勝たずにはおかない狂気と威迫《いはく》に満ちていた。肉を切らせて骨を断つという計算すら、そこには存在しない。

あまりに衝撃的で、みぞおちのあたりにザワザワする気持ち悪さがこびりついていた。胃のあたりを押さえると、ゼロが「ついでだからバーで一杯やっていくか」と言ってきた。カタワレのワゴン車が迎えに来るまでには、まだ一時間ほどある。

それにせっかく不可侵城に侵入するという稀有《けう》な機会に恵まれたのだ。バーならば客の会話などから情報収集もできるかもしれない。そう考えて、鹿倉はゼロとともにバーへと向かった。

2

不可侵城《ふかしんじょう》の四階にはいっているそのバーは照明が暗く、天蓋《てんがい》つきのふたり掛けや三人掛けのソファが、中央の長方形の噴水を囲むかたちで不規則に並べられている。背の高い観葉植物が生《お》い茂《しげ》り、南国の趣《おもむき》だ。

熟《う》れた果実のような甘い香りが漂《ただよ》う。この香りには大麻やその他の違法薬物の匂いも混ざっているのだろう。

噴水からほど近い場所にあるふたり掛けのソファに鹿倉《かぐら》を座らせると、ゼロは奥のバーカウンターにドリンクを取りにいった。

鹿倉は天蓋から斜《なな》めに落ちる紗布《しゃふ》をめくって、店の様子を検《あらた》める。

見える範囲のソファは六割方埋まっていた。噴水を挟《はさ》んで向かい側にあるソファは三人掛けで、人影があった。目を凝《こ》らしてその人影を見ていた鹿倉は、思わず喉をヒクリとさせる。

そこにはふたりの女とひとりの男がいた。三人の身体は絡みあい、女の白い腿《もも》が揺れている。

「カミカゼでよかったか?」

戻ってきたゼロがそう言いながら、ローテーブルにロックグラスをふたつ置く。

隣に腰を下ろしたゼロに鹿倉は抑えた声で尋ねた。

「このバーはなんなんだ？」

「ハプニングバーに来たことねぇのか？」

「……はいったことはある」

刑事として摘発《てきはつ》で、だが。

「その時は愉《たの》しんだのか？」

ライムの香りのするカミカゼをひと口含む。強い度数のウォッカベースのカクテルを飲みこむと喉に熱さを感じた。

「それなりにな」

外国人犯罪組織がハプニングバーを装って管理売春をしていて、なかなかの大捕り物になったのだ。その時の手応《てごた》えを思い出して頬を緩《ゆる》めると、ゼロが不機嫌そうに口角を下げた。そしてカミカゼを呷《あお》ると、鹿倉の腰に腕を回してきた。

「なら、今日も愉しめ」

「くだらないことを言――」

言葉ごと唇を、厚みのある唇に塞《ふさ》がれた。強い舌で唇を舐《な》め上《あ》げられる。

「っ」

仰天《ぎょうてん》して突き飛ばそうとすると、ゼロがそのまま体重をかけてきた。ソファになかば仰向《あおむ》けになるかたちで押し倒され、囁き声で脅《おど》される。

「なにがあっても揉《も》めるな。目を瞑れ。摘まみ出されたくねぇだろ？」

ゾロマスクから覗くゼロの目と口許には、発情の笑みが浮かんでいる。いや、実際にゼロはすでに発情しきっていた。鹿倉の太腿に押しつけられた彼の下腹部は硬くなっていた。

「なんで、そんなになってる…っ」

小声で咎《とが》めると、ゼロの手が鹿倉のスラックスの下腹へと伸びた。茎を撫でられる。そして自分のそこもまた充血していることに気づかされる。

「お前も興奮したんだろ、煉条《れんじょう》の試合で」

「……」

ゼロが布越しにペニスをいじりながら言う。

「ここでなにもしてないほうが怪しまれるぞ？」

それはそうかもしれない。

「それらしい演技はする」

丸めこまれるつもりはないと言外に宣言すると、ゼロが「ああ、演技でいい」と面白《おもしろ》がるように囁いて、鹿倉のスラックスのファスナーを下ろしてなかに指を入れてきた。下着の布地一枚だけ隔《へだ》てて裏筋をくすぐられる。

下腹に力を籠めてできるだけ感じないようにしながら、鹿倉はゼロの耳元に口を寄せた。

「煉条以外の東界《とうかい》連合の奴らも、ここで荒稼《あらかせ》ぎしてるのか？」

小声で問うと、ゼロが先端への段差をなぞりながら「Sランク以上の上客を中心に荒稼ぎしてる」と答えた。

足のつきにくい稼ぎ方をしているわけだ。

むかつきを覚えていると、今度は下着の合わせから指が侵入してきた。じかに亀頭《きとう》を擦《こす》られて、不覚にも「う…」と声が漏れる。

「陣也《じんや》はここが好きだな」

名前を呼ばれながら先端の孔《あな》を指の腹でトントンと叩かれると、湿った音がたちはじめる。

先走りが漏れてしまっていた。膨《ふく》らみきった陰茎が外に出たがってビクビクする。

「これも演技か？」

笑い含みに尋ねられて、鹿倉は不機嫌な声で返す。

「演技だ」

そう返したとたん、ペニスと双嚢《そうのう》を大きな手でひとまとめに握りこまれた。緩急《かんきゅう》をつけて揉みしだかれて、目の奥がチカチカしだす。

「……っ、…ふ」

このままでは一方的に追いこまれるばかりだ。

鹿倉はゼロの下腹部へと手を伸ばした。革越しにも性器が張り詰めているのがわかる。汗ばむ掌《てのひら》でそれを擦ると、ゼロが腰を震わせて息を乱した。その反応にぞくりとする。

――追いこみ返してやる。

革のパンツのファスナーを押し下げる。そうしてじかに触り返そうとしたのだが……猛《たけ》りすぎた幹がみずから下着を押し下げて、開かれた前からぶるんと溢れ出てきた。

完全に屹立《きつりつ》したものが露出《ろしゅつ》する。

想定外のことに唖然《あぜん》としている鹿倉の手に、ゼロがペニスを擦りつける。

そうして、あろうことかゼロは鹿倉の茎を下着から引きずり出したのだった。

ゼロのものが鹿倉のものに摺《す》り寄《よ》せられる。

「や、めろっ」

いくらその手の店とはいえ、さすがに本格的な性行為をするわけにはいかない。ゼロの喉元を拳で殴って退《ど》けようとすると、耳元でぼそりと言われた。

「遠野亮二《とおのりょうじ》の面白いネタがある」

天敵の名前に鹿倉は動きを止める。

「なんだ?」

急《せ》かすと、ゼロがマスクの下で目を細めた。

「演技を忘れてるぞ」

「――」

手首を掴まれて、ふたりの重なる下腹部へと連れて行かれる。

「ひとまとめにして握れ」

目の前に大きな人参をぶら下げられて、走らざるを得なくさせられる。

片手では足りずに両手で二本のペニスをまとめて握ると、ゼロのものがくねって大量の先走りを漏らした。それが鹿倉の亀頭へと垂れる。

「…、ん」

思わず喉が鳴ってしまう。場所に対する強い抵抗感と、誰かに見られているかもしれないといういたたまれない緊張感に身体が芯から強張る。

ゼロが露骨に腰を遣《つか》いはじめた。鹿倉の手と裏筋とを、ゴツゴツした幹が強く擦る。

——熱い……。

もういまや、鹿倉の手指はふたりぶんの先走りにぐしょ濡れになっていた。それを潤滑剤《じゅんかつざい》にして、ゼロの動きが淫蕩《いんとう》さを増す。

「っ…く」

漏れそうになる声を鹿倉は噛み殺す。

「いい腰の動きだな」

指摘されて、自分もまたゼロのものにペニスを擦りつけていることを知る。

「えん、ぎ、だ」

そう言い返して顔をそむけた鹿倉は、全身をビクッと跳ねさせた。

ソファの前にスーツ姿の男がふたり立って、こちらを見下ろしていた。当たり前のように行為を見物されている。

頭の奥がスパークするほどの衝撃に襲われる。

「おい、人が」

ゼロに教えるが、しかし彼は見物人の存在にとうに気づいていたらしい。まったく動じることなく、鹿倉の耳の縁《ふち》を舐めた。

「イけたら、遠野の面白いネタを教えてやる」

熱い吐息とともに悪趣味な提案を耳へと流しこまれて、鹿倉は身震いする。

——……くそっ。

こうなったら最後まで走りきるしかない。

なかば自棄《やけ》になって、鹿倉は両手で作る筒をギチギチと狭《せば》めた。二本の屹立が互いをきつく潰しあう。そうしながらゼロのものの先端の切れこみにギッと爪をたててやる。

「ぐ…」

ゼロが痛みに低く呻《うめ》いた。

間近にある男の頬に苦い強張りが浮かぶのに、いくらか溜飲《りゅういん》が下がる。口許に薄っすらと笑みを滲《にじ》ませていると、マスクの狭間《はざま》から覗く黒々とした眸が光った。

「ん、ぅ」

唇がぶつかったかと思うと、そのまま一気に厚みのある舌を口のなかに突っこまれた。それに噛みついて撃退しようとするのに、舌をぬるぬると舐められる。馴染んでしまった感触に、身体の力がはいりきらなくなっていく。

いつしかゼロの亀頭に立てていた爪は、そこをカリカリと甘く引っ掻《か》く動きへと変わっていた。二本のペニスをまとめて握っている手指も、快楽を捏《こ》ねる動きへと化していた。

薄目を開けると、ソファの前で立ち止まっている客は五人になっていた。そのうちふたりは女性だった。

眩暈《めまい》を覚えるような屈辱感と——強烈な刺激に、身体中の肌がピリピリする。

舌とペニスを互いに擦りつけあい、その動きが忙《せわ》しなくなっていく。いまにも射精しそうだ。

破裂する直前、口から舌がずるりと抜けた。それと同時に手の筒からゼロのペニスが引き抜かれる。鹿倉の亀頭に正面から、ゼロの亀頭が押しつけられる。

鹿倉は奥歯を噛み締めながら腰をわななかせた。

熱いどろりとした白濁《はくだく》を互いの亀頭に噴きかけていく。

自制できず、鹿倉の腰はビクンビクンと跳ね暴れる。

「ふ…は」

荒く息をつく唇に、やはり乱れた息を漏らす唇を被せられる。

唇を吸われて、自然と吸い返す。下唇を噛まれて、噛み返す。

頭の芯がぐらぐらして、鹿倉はペニスから白い残滓《ざんし》をとろりと漏らした。

ようやく意識が醒《さ》めてきてゼロを押し退《の》ける。ソファの前の見物人はいなくなっていた。

ゼロがローテーブルに置かれたボックスを開けて、そこから黒いティッシュを何枚か抜いて手渡してきた。それで後始末をすると、ふたりの混ざった種の白さが際立った。

スーツに附着《ふちゃく》したものを拭《ふ》き取《と》りながら、鹿倉は半狐面の下からぎろりとゼロを睨んだ。

「とっととネタを吐け」

ゼロが余韻《よいん》を愉しむように、いまだ半勃《はんだ》ちの自身のものをいじりながら耳に口を寄せてきた。

「不可侵城のオーナーが、シンガポールで遠野を匿《かくま》ってる」

予想以上の大きなネタに、鹿倉は息を詰める。

「……オーナーは確か、李《リ》アズハルだな」

シンガポール国籍を有する、世界を股《また》にかけたカジノ運営で財を成《な》した男だが、その身には五つの国の血が流れていると言われており、ルーツも素性《すじょう》も定かではない。

「ああ。身体を張った甲斐《かい》があっただろ？」

口惜《くや》しいが、否《いな》めない。

ゼロはいつも過剰《かじょう》な刺激を、肉体にも精神にも与えてくる。

依存性の強い、たちの悪い麻薬漬けになっているかのようだ。

「もうワンラウンドいくか？」

いつまでもペニスを仕舞わずに誘惑してくる男を置いて、鹿倉はソファから立ち上がる。

「まだ三十分はある。探索《たんさく》してくる」

突き放す視線を横目で投げながらそう告げる。

バーから出るころにはゼロが追いついてきて、横に並んだ。店内に充満していた熟れた果実のような香りから抜け出ると、ふいに隣からほのかに苦いような香りが漂ってきた。いつもゼロがつけている香水の香りだ。

まだどちらも発情が収まりきっていないせいだろう。

ゼロの香りは常《つね》より強く匂いたち、鹿倉の官能の受容体に悩ましい刺激を与えつづけた。

3

金曜日、警視庁本庁に登庁《とうちょう》すると、早苗優《さなえすぐる》から伝言メモを渡された。

「ついさっき、桐山《きりやま》検事から電話がありました」

桐山、という名前を口にするとき、早苗は決まって露骨《ろこつ》に嫌そうな表情になる。

早苗に言わせれば、桐山俊伍《しゅんご》は権力ヤクザで吸血鬼なのだ。

確かに東京地検特捜部検事として、政財界の収賄《しゅうわい》事件に大鉈《おおなた》を振るって大物政治家だろうが跪《ひざまず》かせ、それにより死者が出ようが露《つゆ》ほども気にしないさまは、ヤクザにも吸血鬼にも通じるものがある。

しかも、曾《そう》祖父の代から日本の法曹界《ほうそうかい》に君臨してきたサラブレッドときている。

三ヶ月前に桐山は検察庁の対立派閥《はばつ》を一掃《いっそう》し、いまや桐山派の者たちが要職を占めている。桐山はそれにより三十八歳にして特捜部長に就任した。地検において特捜部長は、検事正、次席検事に次ぐ第三の地位だ。

……その桐山の対立派閥一掃の際には、鹿倉《かぐら》も一杯食わされて、あとから振り返れば桐山の援護射撃をさせられていたのだった。思い出すだけではらわたが煮えくり返る。

鹿倉は渡された伝言メモに目を通すと、午後一で九段《くだん》庁舎に行くという内容のメールを桐山に送った。

警視庁本庁から地下鉄に乗り、皇居を半周したところに東京地方検察庁九段庁舎がある。東京地検特捜部はそこにはいっている。

桐山に呼び出されたときにいつも使う会議室の窓から外を見るともなく眺めていると、指定の時間より二十分ほど遅れて桐山がはいってきた。当然ながら遅れた詫《わ》びの言葉はない。

くっきりとした陰影のつく彫りの深い顔に、スーツに美しい張りと厚みをもたらす恵まれた体軀。身長はゼロと大差ないほど高い。

秋霜烈日《しゅうそうれつじつ》の検察官記章も、この男がつけていると禍々《まがまが》しいものに見える。

鹿倉は身体を返すと、窓に背を凭《もた》せかけて腕組みした。

「二ヶ月ぶりに呼び出して、なんの用だ？」

視線と空気で牽制《けんせい》するが、桐山は無表情のまま近づいてきて、すぐ目の前に立った。そして
鹿倉を黒々とした眸で見下ろしながら舌なめずりをした。

カメレオンの舌に顔をべろりと舐められたような錯覚《さっかく》が起こり、鹿倉はきつく眉根を寄せる。

「そろそろまた、ペットの印をつけてやろう」

首筋をこの男に舐められ、吸いつくされたときの感触がなまなましく甦る。

『東界《とうかい》連合にどうしても関わりたいなら、私のペットにしてやろう』

首筋に吸い痕《あと》をつけることが「ペットの印」だった。

あの時は東界連合の捜査をできないように警視庁の上層部から圧力をかけられ、独自捜査をするために、東界連合と繋がりのある桐山に阿《おもね》る必要があった。桐山は遠野亮二《とおのりょうじ》とふたりで会うような仲なのだ。

桐山に阿った甲斐《かい》あって、東界連合が人身売買のために密入国させようとした子供たちを救い、東界連合にもいくらかのダメージを与えることができた。

遠野はその直後、国外へと逃亡した。

しかし同時にそれは検察庁内の桐山と対立する派閥の者たち——彼らは東界連合のために便

宜を図っていた——を駆逐《くちく》することでもあった。

思い出すと改めてむかつきがこみ上げてきて、鹿倉は目を眇《すが》めて桐山に言い返した。

「またお前の出世のお膳立《ぜんだ》てをさせられるのは御免《ごめん》だ」

そもそも、桐山は東界連合を警察に売ったのだから、すでに遠野亮二とも切れているはずだ。

それならば、この男に阿る旨《うま》みはなにもない。

桐山がゆるりと手を上げて、鹿倉の両脇の窓ガラスに手をついてきた。

間近から桐山の視線が顔を這《は》う。今度はカメレオンの舌で顔じゅうを舐めまわされているような感覚に襲われる。鹿倉のあからさまな嫌悪の表情を眺めて、桐山が目を細めた。

顔がさらに近づいてくる。

その厚みのある肩に手をかけて押し退《の》けようとしたとき、耳元で囁かれた。

「昨夜の試合は刺激的だったな」

鹿倉は動きを止めて、間近にある桐山の目を見た。

まるで夜の沼のように底の知れない黒い眸だ。

「VIP席からだと、客の姿もよく見える」

あの地下闘技場に昨夜、桐山もいたのだ。

——……ゼロといるところを、見られた。

ただ鹿倉を見つけたというだけで同伴者が何者かまでは摑んでいないはずだと思うが、一方で不安が湧き上がってくる。

桐山は、鹿倉がエンウと繋がっていることを知っている。

エンウを起ち上《た》げ《あ》たゼロという男のことまで把握《はあく》しているかは不明だが。

「仮面をつけてるのにどうして俺だとわかった？」

「あれは本当に君だったのか。身体つきや歩き方でそうではないかと思ったが」

鎌をかけたと言いたいらしいが、単に答えをはぐらかしたようにも思われた。

桐山が尊大に誘ってくる。

「今度は私と観戦させてあげよう」

とっさに断ろうとしたが、踏みとどまり、尋ねる。

「ＶＩＰ席でか？」

「そうだ」

「ＶＩＰ席の招待カードのランクはなにになる？」

「Ｓランク以上だ」

要するに、桐山と行けばＳランクのエリアにはいれるようになるわけだ。

『お前が見るべきじゃないものは、基本見せない』

ゼロはなにかというと鹿倉を守ろうとしてくる。

それは協力関係にある刑事を保護するためであり、……鹿倉陣也《じんや》という個人を慮《おもんぱか》ってくれているからでもある。

しかし見るべきでないものまで見ていかなければ、協力関係のパワーバランスは崩れる。

ひとつ息をついて、鹿倉は桐山を見据《みす》えた。

「一緒に観戦してやる」

そう返すと、桐山が首元に手を這わせてきた。ネクタイを緩められそうになって、鹿倉はその手を摑んで止めた。また首にキスマークをつけられて、それをゼロに見咎《みとが》められたら厄介《やっかい》だ。

「首はやめろ。痕はつけるな」

「痕をつけなければいいわけか」

唇を見詰められて背筋が粟立《あわだ》つ。

桐山とは絶対に粘膜を触れ合わせるような行為はしたくない。

鹿倉の険悪な表情を堪能《たんのう》してから、桐山が左耳に触れてきた。耳孔《じこう》に小指を入れられる。

「それなら、ここにしておこう」

もう答えを待たずに、桐山が耳に口を寄せてきた。小指が抜かれ、入れ替わりに肉の薄い舌が一気に深くまで押し入ってくる。

「…っ」

舐めるというより挿入《そうにゅう》に近い行為に、鹿倉は顔を歪める。

前にもこの行為をされたことがあったが、桐山を殴りつけるのをこらえるので精一杯だった。

激しい悪寒を覚えながら、鹿倉はいまにも殴ろうとする右の拳を左手で押さえこむ。くちゅ…ぐちゅ…と湿った音が耳の底からじかに頭のなかに漏れてくる。まるで頭のなかを、カメレオンの長い舌に舐めまわされているかのようだ。

桐山は興奮しているのだろう。籠もったような甘い匂いが漂《ただよ》う。

……なにか、自分が消化液で溶かされていっているような、いてもたってもいられない心地が嵩《かさ》んでいく。

耳孔に舌を詰められたまま耳を食《は》まれて、不覚にも身体がビクッと跳ねた。

その反応を引き出せたことで満足したらしい。桐山がようやく耳から舌を抜く。

「観戦は再来週《さらいしゅう》にしよう。また連絡する」

鹿倉は桐山の肩を掌《てのひら》で乱暴に押し退けると、無言のまま会議室を出た。足早にエレベーターホールへと向かう。

——落ち着け。あの程度、なんでもないことだ。

耳に舌を入れられただけだ。どこにも痕は残っていないし、粘膜で触れ合ったわけでもない。

……それなのに、ひどい屈辱《くつじょくかん》感が繰り返し突き上げてくる。

左耳のなかを液体が流れる感覚があって、頭を傾けて掌を押し当てる。

掌が、桐山の唾液《だえき》で濡れた。

地下鉄の駅のトイレで左耳を洗ってから警視庁本庁に戻ると、早苗が心配そうな顔で飛んできた。

「桐山検事からの呼び出し、なんだったんですか？」

「大した内容じゃなかった」

「……あの、耳から血が出てますけど」

指摘されて左耳に触れると、指がぬるりとした。

帰りの電車のなかで無意識に耳を引っ掻《か》いていたらしい。

「前にも桐山検事のところに行って、出血してましたよね。あの時は首でしたけど。いったいなにをしてるんですか？」

「キューキューうるさい」と返しながら、ティッシュペーパーで耳の血を拭《ぬぐ》う。いくら表面を引っ掻いても、耳孔の奥に残る舌の感触まで掻き消すことはできなかった。

デスクに戻ると、机上に週刊誌が置かれていた。見れば付箋《ふせん》が貼られている。そのページを開いた鹿倉は、思わず前のめりになって記事に目を走らせた。

それは、このところ立てつづけに起こっている東界連合の内部抗争の記事だった。

遠野派と反遠野派に割れて、覇権争いをしているのだ。

東界連合はもともと、遠野亮二が関東地方を中心とする十一の半グレ集団をまとめ上げるかたちで起ち上げられ、メンバーがそれぞれ地元の後輩を勧誘することで肥大化《ひだいか》していった。末端になると、ただの大学生や高校生だったりするほどで、どこまでが東界連合と括《くく》っていいのか判然としないほどだ。

しかしそういう「ただの大学生や高校生」が友人知人を巻きこんでオレオレ詐欺《さぎ》などの特殊詐欺の受け子をしたり、売春ネットワークに加担したりして、東界連合の資金を稼《かせ》ぎ出《だ》しているのだ。

そんな末端メンバーまで血なまぐさい覇権争いに巻きこまれ、加害者にも被害者にもなっている。先週だけで十七人、東界連合と関わりがあると見られる若者が襲撃されて重軽傷を負った。そのうちの二名は意識不明の重体となっている。それも警察が把握できている範囲に過ぎない。

周りに一般人がいてもお構いなしで襲撃するため、SNSには目撃者による画像や動画が出回っているものの、襲撃者たちは目出し帽を被っており、また被害者たちも捜査に協力的でないため、警察も手を出しあぐねていた。

記事の終わりにライターは、東界連合の要である遠野亮二が海外逃亡したことで、仲間を見捨てて逃げたと反発する者が増え、その求心力が弱まったことが内部抗争の最大の原因だろうと推察していた。

最後まで読み終えたのとほぼ同時に、週刊誌のうえにバンッと指の長い手が置かれた。

「なかなか熱い記事だろ？」

組対《そたい》二課中堅の相澤《あいざわ》がにんまりしながら言う。

鹿倉は椅子の背凭れに深く背を預けて、腹部に両手を重ねて乗せた。なかば仰向《あおむ》くかたちで相澤を見上げる。

「相澤さんが書かせた記事ですか」

相澤は複数のライターを飼っている。そこから情報を吸い上げたり、こうして記事を書かせたりしているのだ。

少し声を抑えて相澤が言う。

「遠野が一時帰国する可能性があるって情報をお前が上げただろう」

「はい」

「空港に通達が行って厳戒《げんかい》態勢が敷かれてるっていうのは、すでに東界連合も把握してるらしい。そのなかで遠野がいつでも帰ってこられて捕まりもしないとなったら、どうなる？」

「遠野は東界連合を見捨てたわけじゃないってことになって……むしろ求心力が増しますね」

「そういうことだ。国を敵に回しても屁《へ》でもねぇって示せるからな」

鹿倉は唸《うな》りながら、背を起こしてふたたび記事を凝視した。

遠野と東界連合を殲滅《せんめつ》させるために、その展開はなんとしてでも避けたい。

相澤がさっぱりとした作りの顔を近づけてきてボソボソと耳打ちしてくる。

「いまＳＮＳで東界連合の情報を上げるとバズるっていう流れを作ってるところだ」

最近やたらと東界連合絡みのネタがネットに上げられているのは、工作が功を奏した結果だったわけだ。鹿倉は横目で相澤を見る。飄々《ひょうひょう》とした気さくな雰囲気で派手な動きはしないが、裏で糸を引くのは案外こういうタイプなのかもしれない。

鹿倉は記事に大きく載っている遠野の顔写真を指差した。

「でかでかと顔を載せさせたのにも理由があるわけですか」

「なんだと思う？」

ＳＮＳで流れを作ったことと併《あわ》せて考え、答えを出す。

「国民に遠野亮二を見つけさせる」

相澤が当たりだと鹿倉の背中をポンと叩く。

「人海戦術なら国民総動員に限るからな」

いまの時流を摑んで大々的に活用するその能力に、いくらか寒気を覚える。

「相澤さんなら、なにを仕事にしても成功しますよ」

苦笑交じりに言うと、相澤がおどけたように肩を竦《すく》めた。

「そうだな。クビになったら敏腕プロデューサーにでもなるかな」

4

土曜の昼過ぎ、中目黒駅《なかめぐろ》で降りてからコンビニでくだんの週刊誌を購入した。

レジ袋を提げて、鹿倉《かぐら》は目黒川沿いの道を歩く。桜は冬枯れの時期を迎えようとしていた。露出した黒みの強い枝が青空に絡み合うように伸びている。

ランデブー用のマンションに着くと、ゼロはすでに来ていて、ソファに仰向《あおむ》けに寝そべってくつろいでいた。その手には週刊誌が握られている。

「なんだ、もうチェック済みだったのか」

レジ袋から同じ表紙の週刊誌を出して見せると、ゼロが身体を起こしながら言ってきた。

「これは警察が流したネタだろ」

「なんでそう思う?」

隣に座りながら尋ねる。

「警察沙汰《ざた》になった案件が七割、ネットに上げられてた抗争動画に味付けしたのが二割、残り一割が独自取材ってところだろう」

「……よくわかってるな」

ゼロがにやりとする。

「ついでに、ネットで東界連合《とうかい》の情報が流れるように煽《あお》ってるのも、警察サイドの奴《ヤツ》の指揮《しき》なんだろう?」

相澤《あいざわ》の動きを完全に読んでいる人間がいたわけだ。

「お前のところにはずいぶんと優秀な解析班がいるらしいな」

「カタワレからの報告だ」

カタワレというのは、堅気《かたぎ》のサラリーマン風の、よく車の運転を任されている男だ。

まるで自分のことを自慢するようにゼロが言う。

「あいつはガキのころから自作ソフトを売り捌《さば》いてた。プログラミングとハッキングで、年に億単位の金を稼いでる」

「そんな異才に車の運転をさせてるのか」

「運転は趣味で、待ち時間に仕事ができて丁度《ちょうど》いいらしい」

リキは地下闘技場でランキング上位のファイターで、カタワレは異才ハッカーであったのだ。

いまさらながらにゼロの取り巻きの傑出《けっしゅつ》ぶりに舌を巻く。

「そういう人材を活用できればこの国も変わるだろうにな…」

本音を漏らすと、ゼロが無表情になった。

「守られた国民じゃないからこそ、ルールの外側で自分を際限なく鍛《きた》え上《あ》げた結果だ」

「……ヒ・コクミンだからってことか」

こうしてすぐ隣にいても、見えない壁が自分たちのあいだにはある。それを意識させられるとき、鹿倉はもどかしい苛立《いらだ》ちを覚える。

ゼロの顔にふてぶてしい笑みが拡がった。

「俺たちはコクミンみたいに不自由じゃねぇってことだ」

「――」

自分がガラスケースに入れられた人形にでもなったような心地になる。実際のところ、ゼロの目にはそんなふうに映《うつ》っているのだろう。

だから彼は鹿倉の動きを制限しようとする。見るべきでないものが見えないように、目隠ししようとする。

「……ふざけるなよ」

無性に噛みつきたくなって、呟きながらゼロへと手を伸ばす。彼の黒いニットの胸倉を摑んで引き寄せる。

唇に噛みつくと、ゼロが笑いに喉を震わせた。

「三十一にもなって、もう少しいい感じのキスはできないのか?」

顔を離して鹿倉は言い返す。

「いまのは喧嘩《けんか》を売っただけだ」

「そんな流れだったか？」

「お前は俺に見せたがらないところが多すぎる」

無表情になるとき、ゼロが本当は氷山の一角しか自分に見せていないのだと思い知らされる。ゼロ自身についても、エンウについても、日本という国の底に拡がる暗部についても。

「俺はこの目で本当のことを確かめたい。その覚悟がある」

ゼロを見据えて告げたが、「そう力むなって」と軽くいなされた。

「俺は――」

さらに言い募《つの》ろうとして鹿倉は唇を噛み、自分の髪を乱暴に掻きまわした。

「違う。こんな話をしに来たんじゃない」

遠野《とおの》と東界連合を潰すという同じ目的に向けて走っているはずなのに、自分の意識はともするとゼロのほうへと向かいそうになる。

それを無理やり断ち切り、鹿倉はローテーブルに置かれた週刊誌を手に取った。

「東界連合の抗争の内情を詳《くわ》しく知りたい」

ゼロがじっと見詰めてくる。その眸の表情がなにを意味するのかわからなかったが、彼はひとつ瞬《まばた》きをすると、意識を切り替えた様子で話しだした。

「遠野派と反遠野派の流れは以前からあったが、遠野が絶対的に君臨してるせいで小競《こぜ》り合《あ》い程度で抑えられてきた。それが遠野の国外脱出で崩れた。遠野派の幹部は、遠野の狂信者ばかりだ」

鹿倉は吐き捨てるように呟く。

「クズを信仰するカルト集団か」

「そいつらを総括してるのが、煉条《れんじょう》だ」

地下闘技場で見た狂戦士ぶりが思い出されて、鳥肌がたつ。

「あいつは戦闘能力が高いが、それだけじゃない。頭と勘も異様にいい」

「だろうな。あれこれ噛んでるはずなのに一向に警察《うち》の網に引っかからない」

同じ犯罪をしても、知能が高い者は捕まりにくい傾向がある。推測能力と学習能力の差なのだろう。

「いま現在、遠野とじかに連絡を取れるのは煉条だけらしい」

「要するに煉条をマークしておけば、遠野の動向を摑めるわけか」

ゼロが苦い顔になる。

「あいつをマークするのは困難だ。うちでも何度か試したが、うまく行かないどころか返り討《う》ちに遭《あ》いかけた。野生動物かってぐらい勘が鋭い」

口を血まみれにしたオオカワウソの画像が脳裏にちらつく。

「……でも、腑《ふ》に落ちないな」

「なにがだ?」

鹿倉は違和感を言語化する。

「煉条ほどの奴が遠野にそこまで入れこんでるのに納得がいかない。狂った教祖なら遠野より煉条のほうがおあつらえ向きだろう？　なにか背景があるはずだ」

ゼロの目が強く光った。

「さすが俺の相棒だ」

「なんだ、急に」

「煉条の背景とやらを洗いなおそうと思ってたところだった」

そう言いながらゼロがスマホを出して操作した。

呼び出した画像を見せられる。

「戸籍謄本《こせきとうほん》か」

スマホを受け取って画像を拡大する。

蓮見敏《はすみさとる》。本籍は新潟県《にいがたけん》。出生年月日からすると年齢は二十一歳。ひとり息子で、両親は九年前の同日に死亡している。

「煉条のか？」

「ああ」

「親の死因はわかってるのか？」

「心中だ」

「……心中？」

「自動車での練炭自殺だ。遺書があって事件性はなしと警察が判断した」

鹿倉は目を閉じて想像しようと試みて、呟く。

「――塗《ぬ》り潰《つぶ》されてる」

子供のころの煉条も、彼の両親の姿も、サインペンで塗り潰したようなものしか浮かんでこなかったのだ。

警察官としてそうとうな数の人間とその家族を見てきたのに、パターン化することができない。

これとよく似た感覚を以前、覚えたことがあった。

鹿倉は目を開き、ゼロを見詰めた。

――こいつの子供時代や家族を思い浮かべようとしたときもそうだった。

「うまく言えないが、しっくりこない。煉条のことを検《あらた》める必要がある」

「なら、新潟に確かめに行くとするか」

そう言いながらゼロが立ち上がる。

「確かめに行くって、いまからか？」

「一泊二日で済ませる。行くぞ」

急展開に唖然としている鹿倉にゼロが笑い含みの視線を投げかけてきた。

「その目で本当のことを確かめる覚悟があるんだろ？」

時間差でマンションを出て、上越《じょうえつ》新幹線にバラバラに乗りこんで現地集合ということになった。関東圏《けん》を離れれば組対《そたい》刑事の鹿倉の顔を知る者もいないため、ゼロと行動をともにしても見咎《みとが》められることもない。

今日はカタワレ、リキ、ハイイロといういつもの顔ぶれの護衛はなかったが、おそらく鹿倉にはわからないだけで、エンウのメンバーが付かず離れず、尾行者や敵対する者がいないか目を光らせているに違いなかった。

乗車してから二時間ほどで、予定どおり駅の改札を出たところで落ち合う。

ゼロは途中で着替えたらしく、モッズコートにチノパンというコーデになっていた。リュックを背負って手には革バッグをもっている。

「絵に描いたような記者感だな」

指摘すると黒縁眼鏡《くろぶちめがね》を手渡された。

「俺はフリーのライターで、お前は助手だ。その前髪をテキトーに乱しておけ」

眼鏡をかけて前髪を掻きまわしてボサボサにすると、ゼロが小首を傾《かし》げて注文をつけてきた。

「いつもお前といる、あの小動物っぽい奴の真似をしてみろ」

眼鏡をかけたカワウソのような早苗優《さなえすぐる》を思い浮かべる。

自然と肩の力が抜けて、背筋や表情筋が緩む。

ゼロが目を細める。

「そう、それだ。いまいち使えない助手って感じになった」

早苗が聞いたら、さぞやうるさく抗議することだろう。

駅前からタクシーに乗り、向かった先は地元公立小学校の元校長の自宅だった。立派な冠木門《かぶきもん》を眺めて「仰々《ぎょうぎょう》しいな」と鹿倉が感想を漏らすと、ゼロが「先生のつく職業はトチ狂いやすいもんだろ」と肩を竦める。

教師、医者、政治家──特に地方では地元警察と癒着《ゆちゃく》しやすい職業だ。

「まぁその分、おだてに弱くて扱いやすくはある。せいぜい、煉条の情報を抜かせてもらおうじゃねぇか」

そう言いながらゼロがリュックのなかからデジタルカメラを取り出して、鹿倉に渡す。

「助手らしく連写でもして、大先生の気分を盛り上げてやれ」

すでにアポイントは取ってあり、スムーズに元校長と接触することができた。

「この度は、教え子の蓮見敏さんの起業した会社が、日本ベンチャー大賞の候補になったとのこと、おめでとうございます」

鹿倉もゼロとともに頭を下げる。

――なるほど。そういう設定か。

日本ベンチャー大賞は若者や起業家のイノベーションを評価して社会全体を刺激することを目的としているもので、政府が後押ししている。

元校長の虚栄心をくすぐるには充分で、しかもその候補というレベルならいくらでもうやむやにできる。それでいて、この手の取材が来ることの違和感もない。

煉条こと蓮見敏は二十一歳だから大学発ベンチャー企業という設定ならちょうどいい。

煉条がどのような小学生だったかは知らないが、エキセントリックであったことは確かだろうから、破天荒なベンチャー起業という路線でもそう無理はない。

あのキャラクターでは地元の友達と繋がっていることもないだろう。

取材名目の設定も完璧《かんぺき》ならば、ゼロのフリーライターぶりもまた完璧だった。

ターゲットの気持ちをほぐさせる軽口を叩いたり、大袈裟《おおげさ》に感心して見せたりして、元校長は微塵《みじん》も疑う様子がなく、その口はどんどん滑《なめ》らかになっていった。

――俺にも初めはフリーライターだって名乗ってたっけな。

さすがに刑事としての勘が働いてそれだけの男ではないだろうと踏んでいたが、まさか警察でも正体を把握しかねている組織、エンウのリーダーであるとは夢にも思わなかった。

元校長の武勇伝八割の語りは、小学校の朝礼での校長の長話そのもので眠気を催《もよお》したが、鹿倉はあくびを噛み殺しながらカメラマン役に徹した。

「そんな志の高い校長先生のもとで学ぶことができたのが、蓮見さんのいまの飛躍《ひやく》に繋がっているわけですね」

感心しきったようにゼロが言うと、元校長はもとから大きい小鼻を膨《ふく》らませた。

「卒業生にはひとり残らず、我が子と同じように……いや、それ以上に濃《こま》やかに気持ちをかけてきたので」

いまの煉条を知ったら速攻で撤回《てっかい》したくなるに違いない。

「蓮見敏さんはどのような生徒さんだったのですか？」

ゼロが尋ねると、元校長はローテーブルのうえに置かれたノートを開いた。おそらくアポイントの連絡があってから、蓮見敏の担任などから大慌てで情報収集をしたのだろう。

「毎年、生き物係に立候補する心優しい子供でした。成績は国語と理科が得意で、協調性に秀《ひい》でていましたな」

鹿倉はちらとゼロのほうを見た。相変わらず感心した表情を浮かべながら手帳にペンを走らせる――ふりをしている。

「ご家族はどのような方たちだったんでしょうか？」

「父親のほうは工場勤務で、母親のほうは専業主婦で――ごく普通の家庭でしたな」

妙に早口で、なにかを隠していることが伝わってくる。

「確か、すでにご両親とも鬼籍《きせき》にはいられているんでしたね？」

「あ、ああ、そのようだな。卒業後のことまでは、こちらではわかりかねるが」

元校長の肉づきのいい顔の輪郭《りんかく》に汗が伝う。

「そんな苦境を乗り越えての大賞候補、実に素晴らしいことですね」

家族のことを深掘りするのは避けて、ゼロがテーブルの端に置かれたアルバムと冊子に目を向ける。

「もし可能なら、卒業文集や写真を見せていただきたいのですが？」

「ああ、かまわんよ」

文集と卒業アルバムの蓮見敏のページにはあらかじめ付箋が貼ってあった。

鹿倉もカメラを下ろして、ゼロが開いた卒業アルバムに目を向ける。

──蓮見敏……。

伊達《だて》眼鏡の下で、鹿倉は思わず目を見開いた。

「蓮見さん、いまも面影《おもかげ》がありますよ」

ゼロが元校長に軽やかな口調で告げる。

──違う。

小学六年生の蓮見敏は、面長《おもなが》の優しそうな顔立ちをした少年だった。顔のパーツのどこにも煉条と重なるところがない。

動悸を覚えながら、今度はゼロが開いた卒業文集を覗きこむ。

小さめの几帳面《きちょうめん》な字で、獣医になって動物園で仕事をしたいという将来の夢が記されていた。実際に動物園で獣医に話を聞いたときのことや、獣医になる方法まで細かく書いてある。奨学金《しょうがくきん》を貰《もら》うために、友達と遊ぶのも我慢して勉強を頑張るという表明で締めくくられていた。

「小学六年で奨学金のことまで考えてたなんて凄《すご》いな。僕なんてこの年頃にはなんにも考えてませんでしたよ」

元校長にそう話しかけるゼロの横顔を、鹿倉は盗み見る。

十二歳のゼロは守ってくれる安全な柵《さく》もないところで、ただ生き抜くために日々を送っていたのだ。彼の子供時代が、薄っすらとだが暗闇のなかに浮かび上がってくる。

その姿に、胸が締めつけられる。

元校長宅をあとにすると、すでにあたりは薄暗くなっていた。

「……煉条じゃなかったな」

小声で言うと、ゼロが「想定内だ」とさらりと返してきた。

「煉条の性質から考えると、犯罪隠しの背乗《はいの》りの可能性もありそうだな。あるいは、本来は外国籍なのか」

「もう少し嗅《か》ぎまわる必要がある。明日は蓮見敏の本籍地周辺で聞きこみをするぞ」

「蓮見敏は煉条じゃないとわかったのに、蓮見敏のことを調べるのか？」

「ああ、ちょっと気になる点があるからな」

やはり一泊二日コースになるらしい。

呼び出したタクシーに乗りこみ、昏《くら》い日本海沿いの道路を通って旅館に着く。

昔ながらの旅館といった風情で、部屋は海に臨《のぞ》んでいた。窓辺に置かれた籐《とう》のチェアセットに座って外を眺めていると、ゼロが湯呑みに煎茶を注いでもってきてくれた。ほんのりと甘みのあるまろやかな味が、ひんやりしていた口のなかに拡がる。

「日本海は独特だな」

向かいの籐の椅子に腰を下ろしたゼロが外を見やって呟く。

「もうすぐ冬だからな」

鹿倉は思い出し笑いをする。

「春佳姉《はるかね》ぇも一緒に家族旅行で能登《のと》半島に行ったとき、冬の日本海は灰色で荒くて怖いってやたらしつこく言ってたっけ」

「確かに、防衛本能を刺激するものはあるな」

言われてみれば、怖いという感情は防衛本能からくるものだ。

ゼロが左の口角をわずかに歪めて続ける。

「怖いとも思わなくなったら、おしまいだ」

それは生き延びるための重要な機能が壊れてしまっていることを意味する。

ふと、煉条の恐《おそ》れ知らずの戦いぶりが思い浮かんだ。

「煉条は怖がる機能が壊れてそうだな」

「……逆に、とんでもなく怖がりなのかもしれないぞ？」

ゼロが煎茶を啜り、頬を緩めた。

「まぁ、どっちにしても壊れてるのは確かだがな」

夕食は部屋に運ばれてきた。脂《あぶら》のたっぷり乗った寒ブリの照り焼きや、ズワイガニ丸ごと一匹に舌鼓《したつづみ》を打っているうちに、メランコリックな気分はやわらいでいった。

食後には部屋についている露天風呂に浸《つ》かった。

湯船に浮かべた盥《たらい》に入れた升酒《ますざけ》を口に含みながら、夜の海の荒い波頭が月明かりに照らされるさまを眺める。

酔いの回ったまなざしでゼロがこちらを眺めているのに気づく。

「まるでただの旅行だな」

苦笑いしながら言うと、ゼロが湯に流されたかのように右横に来た。二の腕の素肌が触れ合う。

「贅沢《ぜいたく》だな」

「旅行がか？」

「陣也《じんや》と無駄な時間を過ごしてるのが、だ」

「……」

ゼロと無駄な時間を過ごしている。それは本来は自分たちの関係には不必要なはずのもので——確かに贅沢だった。

同意を口にする代わりに、触れているところに体重を少しだけ預けてみる。するとと震えが二の腕から伝わってきた。

「なんだ？　ずいぶんと可愛《かわい》いな」

鹿倉は笑っているゼロをぎろりと横目で睨《にら》み、身体を離した。

「寒いだけだ」

「はいはい、寒いな」

まだ笑いを残したまま、ゼロが肩に腕を回してくる。抱き寄せられ、顔を覗きこまれ、唇が重なる。口内に一瞬、ゼロの舌がはいりこんできて、粘膜を舐められる。

「なかは熱いな」

間近にあるゼロの目の、白目の部分が蒼みを帯びて光っている。それが夜行性の肉食獣を思わせる。

鹿倉の肩をホールドしたまま、ゼロがもう片方の手を内腿に這わせてきた。主導権を握っていると勘違いさせるのが腹立たしいから、鹿倉は湯船のなかの脚をみずから開く。

ゼロが喉を震わせながら脚のあいだから突っこんだ手の指を目いっぱい開いて、両の尻に指先を食いこませてきた。浮力で腰が浮き上がる。

狭間《はざま》に中指がはいりこんでくる。

「…ぁ」

酒と湯でやわらかくなっている襞《ひだ》のなかに、節のしっかりした指を押しこまれて、鹿倉は吐く息とともに声を漏らす。その声は自分の耳にも甘みを含んで響いた。

「こっちのなかも、えらく熱いな」

内壁をやわやわと掻きまわしながらゼロがよけいなことを教えてくる。

「酒のせいだ」

「……はいはい」

からかうように返してくる言葉はしかし、かすかに掠《かす》れている。そこに男の劣情を感じ取り、鹿倉は咥《くわ》えている指を締めつけてしまう。指先が体内の凝《こご》りに食いこんで、身体がビクビクと跳ねた。

強すぎる刺激から逃れようと、腰が前に出る。するとその動きに乗じて、ゼロが右手をぐうっと上げた。肩に回されていた左腕を外される。

湯船に仰向けに引っくり返りそうになって、鹿倉は慌てて底に両手をついた。

「おい、なにをする…っ…ん…」

性器を底から捏《こ》ねられているような感覚に、力のはいりきらない身体が浮かんでいく。

ゼロが鹿倉の脚のあいだに移動した。

まるでゼロに見せつけるかのように、湯の表面にペニスが露出する。それは長々と膨張《ぼうちょう》し、赤みの強い切っ先を空《くう》へと向けていた。

「ここも温めてやらねぇとな」

ゼロがそう言いながら、湯船に浮かべている升酒を呷った。そしてそれを嚥下しきらないうちに鹿倉のペニスをずっぽりと咥えた。

「あ…ぁぁ…」

まるで傷口にアルコールをかけられたかのような強烈な刺激ののちに、火がついたみたいにペニスが熱くなる。

「やめろ――きつ、いっ」

片手だけで身体を支えて、ゼロの前髪を摑んで顔を上げさせようとするのに、根元まで熱い粘膜のなかに沈められる。それと同時に、体内の指を三本に増やされた。なかの凝りを指で挟《はさ》まれてコリコリと揉みしだかれる。

もういまや、身体のいたるところに熱が飛び火していた。

潮の香りのする冷たい夜風も、頰の熱を中和することができない。

反り返りきった茎を、ゼロのしっかりした肉づきの唇が上下する。そうしながら裏の張りを舌で包まれてぬるぬると擦られていく。

湯から覗く胸や腹部の筋肉を小刻みに波打たせながら、鹿倉はふたたび両手を湯船の底についた。敷かれている床石に指先を引っかけて、唇を震わせる。

もうこらえきれなくなっていた。

「湯船は汚すなよ」

抑えた不機嫌声で注意すると、ゼロが上目遣《うわめづか》いにこちらを見て、目尻に笑みを浮かべた。そうして亀頭の段差のところを甘噛みしてホールドしたまま舌先で先端の切れこみを舐めだす。まるで飢えた獣が獲物の肉を削《そ》ぐような、力強くて荒々しい舌遣いだ。

「は…ぁ…ぁ」

露わになっている長い茎がピキピキと筋を浮かべて、くねる。

咥えられた亀頭をふいにきつく吸われた。茎の中枢の管が根元から先端まで熱くなってヒクつきだす。

鹿倉は眉をきつく歪めた。臀部《でんぶ》に力が籠もり、指を含んでいる粘膜がわななく。

注意したとおり、ゼロは一滴も湯船に零《こぼ》すことなく鹿倉の精液を吸い取って、喉を大きく鳴らしながら飲みこんだ。

なかば内圧に押し出されるかたちで三本の指が脚のあいだから抜けた。

湯のなかで落ちていく腰の奥深くには、いまだ解消されない疼《うず》きが溜まっている。男としての到達点は射精であるはずなのに、それだけでは物足りないと感じてしまう自分に呆《あき》れと羞恥《しゅうち》を覚える。

「露天風呂でいちゃつくとか、はしゃぎすぎだろ」

むっつりした顔で湯から上がろうとしたが、まだ足腰が快楽に痺れていて力がはいりきらない。風呂の周りに並べられている岩に手をかけて浮力を利用しながら今度こそ立ち上がる。

しかし湯船の外に出る前に、背後からゼロに腰を摑まれて引き戻された。そのまま両膝をつかされ、腰をかかえこまれる。

「っ——いい加減にしろ」

脚の狭間にグイグイと性器を押し当てられて、鹿倉は目を剝《む》く。

うしろから覆い被さってくる男の硬い腹部に手をついて退けようとしたが、すっかりほぐされてしまった襞は押されるままに丸く口を開けていく。

「ぁ…あ、あ、っ」

グッ…グッとペニスを押しこまれるたびに声が漏れる。その声はやはり甘みを帯びていて、鹿倉は自分の口を掌で覆う。

「うう——」

ゴツゴツしたものを最後のほうはかなり強引に捻《ね》じこまれて、腹の奥からぶわっと充足感が拡がっていく。これを求めていたと認めたくなくて、鹿倉は頭を横に振る。

鹿倉の口を押さえている手を引き剝がしながら、ゼロが耳元で囁く。

「安心しろ。湯船は絶対に汚さない――ぜんぶ、なかに出すからな」

「ふ…ぁ…、っあ」

ゼロの両手に左右の手をそれぞれ摑まれて、縁《ふち》の岩に縫《ぬ》い留《と》められる。

背中全体を逞《たくま》しい肉体に包まれて、内壁が震える。みぞおちからうえは湯から出ていて冷たい芯のある風に刺されているのに、自分の体内も挿入されている男のものも、熱しきって脈打つ。

意識が朦朧《もうろう》としそうになりながら、鹿倉は上体を深く伏せた。

そうして岩にこめかみを擦《こす》りつけながらゼロを横目で見る。

「俺が……」

「ん？」

「俺が、湯船を……汚す」

訴《うった》えられた言葉の意味を考えるような間があった。

興奮に眇《すが》めた目でゼロが見下ろしてくる。

「出そうになったら言え」

両手の甲を包むかたちで、熱い手指に手を握りこまれる。湯が大きく揺れる。臀部に腰を打ちつけられる。

「ん、っ、…！」

深い場所を突かれて、鹿倉は背を震わせる。

奥底から浅い場所へと大きく張った亀頭が粘膜をきつく擦っていく。そしてまた奥へと折り返す。

水圧に阻《はば》まれているせいで、いつもよりもったりとした動きだ。そのせいで、男が到達するより先に奥が開いて、さらに深くへと侵入を許す。

もどかしい時間差に焦《じ》れて、内壁がぐにぐにと蠕動《ぜんどう》しだす。

浅いところまでペニスを退《ひ》かれて、抜かれまいとして襞が亀頭の段差に噛みついた。早くまた満たされたいと、腹の底がヒクヒクするのが止まらなくなる。

「…ぅ…、生ぬるいのは、やめろっ」

唸るような声で文句をつけて、鹿倉はみずから尻をゼロの腰へと近づけた。ヒクついているところを満たされて、半開きになった唇を舌で湿す。

耳元に乱れた強い吐息をかけられ、問われる。

「ゴリゴリするか?」

口で答えずとも、内壁がゴリゴリ犯してほしいとねだる。

水圧を押し退ける力強さでゼロの腰が動きだす。それに重ねて鹿倉の腰も、受け入れるときは腰をうしろに下げ、抜かれるときは前に引いた。そのリズムが次第に合っていく。

「陣也――…っ、すご…いぞ」

湯が激しく波打ち、縁の岩にぶつかって弾《はじ》ける。

「ぁ…う、…あ…っ…ぁ、ぁ」

もう限界だった。首を捻《ね》じり、切羽詰《せっぱつ》まった表情で伝える。

「出る…っ」

勢いよくペニスを引き抜かれる感覚に、全身がビリビリする。腰を抱かれて岩のうえに座らされる。ゼロの口が亀頭を含むのと、精液が噴き出たのはほぼ同時だった。足腰がみっともなくカクカク震える。

身体の芯がくったりとなる。

「は、ぁ…はぁ」

荒く息をついている鹿倉の腰を、ゼロの手がむんずと摑んだ。飛沫《しぶき》を上げながら湯のなかに引きずりこまれる。

「おい……、っ、ああっ」

胡坐《あぐら》をかいたゼロの下腹部へと、向かい合うかたちで座らされた。射精の余韻《よいん》で引き攣れている粘膜に、ずぶずぶとペニスを沈められる。

鹿倉は目を彷徨《さまよ》わせた。

——出されてる……。

挿入しながら、ゼロのものは激しく身をくねらせて熱い粘液を放っていた。

「あ、く…っ、う…う」

男の苦しさと甘みの入り混じった呻き声が頭のなかで反響する。

完全にゼロの腰に座りこみ、鹿倉はそのぶ厚い肩に顎《あご》を載せた。

空の星が細かく揺れて見えるのは、ふたりぶんの震えのせいだろう。

——こんなの……おかしくなる。

扱いに困る激しいものを、鹿倉はゼロの耳に加減なく噛みついて散らそうとした。


二日目は、蓮見敏の家の周りで聞きこみをおこなった。

鹿倉は警察官としてこれまで数えきれないほど聞きこみをおこなってきたが、そのほとんどが警察手帳の威光《いこう》ありきだった。

その点、ゼロの聞きこみは人の口を軽くさせることに特化していた。女は老いも若きもゼロの男の色気と軽やかさにコロッと落ちる。男に対してもそれは有効で、しかもゼロは相手の気持ちをくすぐるのに長《た》けている。

普段、ゼロの一人称は「俺」だが、聞きこみのときは相手によりけりだが「僕」を多用する。

それが耳慣れないむず痒《がゆ》さとともに、不覚にも可愛いという感想を鹿倉にいだかせた。

若干《じゃっかん》アウトローっぽい色男が「僕」と言いながら情報を求めてきたら、多くの者が非日常感にころりと呑まれ、力になりたいと思ってしまうのも無理はない。

「本当にフリーライターをやってたんじゃないのか？」

人誑《ひとたら》しぶりに呆れながら尋ねると、

「若いころ小遣い稼ぎにやってたことはある」

という答えが返ってきた。

どこにでも近所の家の事情にやたら詳しい人物というのはいるもので、聞きこみの途中でうまくそれを引き当てることができた。

彼女は四十代後半の一見、上品そうな主婦だった。なんでも息子が蓮見敏と同じ小学校に通っていたのだという。

蓮見敏が日本ベンチャー大賞の候補になっていて取材しているとゼロが告げると、彼女は大仰《おおぎょう》に手を胸の前で握りあわせて語りだした。

「まぁ、あの敏くんがね。敏くんは大人しくて優しい感じの子でしたよ。声は小さいけど、ちゃんと挨拶《あいさつ》をしてくれる子でね。でもいつも同じ服と靴ばっかりでねぇ。底が剝がれたスニーカーを履《は》いてたときは、もうちょっと見てられなくてね。うちの子のお下がりをあげたこともあったのよ。ああ、うちの子は敏くんより一歳年下なんだけど身体が大きくってね」

「経済的に事情がある家庭だったんですね」

ゼロが初めてその情報を聞いたかのように目を見開いて返すと、主婦は少し声を小さくした。

「あんまりいい話じゃないんですけどね、大きな借金をかかえてたみたいなんですよ。あ、敏くんのご両親は敏くんが小学校を卒業してすぐに亡くなられたんですけどね。その一年ぐらい前からガラの悪い借金取りがこのあたりをうろつくようになって。子供たちにも──申し訳ないけど敏くんとは関わらないようにって言ってたんですよ」

「それは仕方ないですよ。お子さんを守るのが親の務めですからね」

ゼロが慰《なぐさ》めるふうに共感を示すと、主婦は目を潤《うる》ませた。

「そう、そうね。それに……あの噂《うわさ》を考えると、やっぱり」

スッとゼロが主婦に身を寄せて、間近から黒々とした眸で彼女を見詰める。

「噂というのは？　絶対に記事にはしないので教えてもらえませんか？」

「え？　ええ…どうしようかしら」

まるで不倫現場を近所の人に見られては困るといった風情《ふぜい》で彼女はあたりに視線を走らせてから、ちょっと爪先立ちしてゼロの耳に口を寄せた。

鹿倉にも内容が辛《かろ》うじて聞こえるぐらいの小声だ。

「敏くんのご両親は車で練炭自殺したってことになってるんだけど、本当は他殺だって話があってね」

「他殺──どうしてそんな話が？」

「ご夫婦が自殺した当日から、ぱったり借金取りが来なくなったのよ。山中で車が発見されたのは亡くなった三日後だったのに」

「借金取りは、いち早く自殺を知っていたと……」

「そうなのよ！　だから、自殺に見せかけて殺されたとか、自殺を強要されたとかじゃないかって」

紅潮した顔で秘密を暴露《ばくろ》してから、主婦が急に神妙な顔つきになって目許《めもと》を拭《ぬぐ》った。

「……でも、敏くんが元気にしてるってわかって、本当によかったわ。長年の胸のつかえが取れたもの」

その後、近隣の古そうな定食屋や土産物屋《みやげものや》などでそれとなく情報収集を試みたものの、これといった収穫はなかった。

夕方過ぎの上越新幹線で東京に戻ることになり、駅でゼロからチケットを渡された。

「東京駅に着いたら、八重洲口《やえすぐち》ロータリーに車を回すからそこでまた落ち合おう」

実質、小旅行はここまでということだ。

有意義と無駄の入り混じった時間にいくらか名残《なごり》惜しさを覚えながら、鹿倉はひとりで改札を通る。

新幹線に乗りこんで窓際の指定席に座り、向こうのホームの人々をぼんやりと眺める。

二時間ほどすれば東京駅に着く。そこは日常の空間だ。

旅行に出ると、いつも終わりが強く意識される。楽しい時間も充実した時間も、その終わりに収束《しゅうそく》し、過去の思い出として圧縮される。

新幹線がなめらかに進みだす。

すでに空は藍《あい》色を帯び、地上では街灯が灯《とも》っていた。それらを収めた窓に、明るい車内の様子が二重写しのように反射している。

背の高い男がそこに映りこんだ。隣の席に腰を下ろす。

その横顔を、鹿倉は食い入るように見詰める。

もうすっかり見慣れてしまった男の顔が、他人のようにそこにある。

行きの新幹線でバラバラだったように、この帰りの新幹線でも自分たちはバラバラに乗車した客に過ぎないのだ。

……昨夜、どれだけ激しいセックスをしたとしても、いまはたまたま隣りあわせた他人なのだ。

だからゼロはこちらを見ないし話しかけてこない。自分もまた同じように振る舞う。

交わらなければ、自分たちはこういう関係だったのだ。

組対刑事と無戸籍集団を纏《まと》める男が深く繋がっていることのほうが不自然で――。

なにか本当に自分たちが縁のない存在であるかのような錯覚《さっかく》が湧き起こる。

腹部にぽっかり穴があいたような寒気に襲われて、鹿倉は顔を窓へと向けたまま、シートに投げ出した手で拳を握った。そうしないと、手が勝手に彷徨ってしまいそうだったのだ。

コツンと、拳の小指側の側面になにかが触れた。

馴染んだ体温がそこから伝わってくる……たぶん、ゼロの拳の側面だ。

手を繋ぐでもなく、重ねるでもない。

けれども、ただこれだけの接触で充分だった。

いましがたまで腹に穴をあけていた冷たい空虚さが、いまはもう埋まっていた。

ゆっくりと深く息をつくと、隣の男も同じように息をつく。

自分たちを見る者がいても、いまふたりが共有しているものを、誰も読み取ることはできないだろう。

新幹線が東京駅に近づいてゼロが先に席を立つまで、どちらも拳を離すことはなかった。


東京駅で降り、指定された八重洲口ロータリーへと向かう。

すでにゼロが乗りこんでいるワゴン車に拾われ、向かいのシートに腰を下ろす。

さっきまで他人のふりをしながらひそかに触れ合っていた男と、こうして正面から見詰め合っているのは妙な感じだ。

ゼロの目許にも、どこか照れくさそうな微苦笑が滲《にじ》んでいる。それを強い瞬きで吹き飛ばして、ゼロが真剣な表情で上体を前傾させた。

「今回の調査で、煉条に対して立てていた仮説が有力になった」

鹿倉もまた表情を引き締め、身を乗り出しながら尋ねる。

「どんな仮説だ？」

「煉条は無戸籍児だったのかもしれない」

「……蓮見敏の戸籍を、無戸籍児の煉条が手に入れたってことか」

「ああ、遠野亮二《りょうじ》が煉条に与えたと俺は考えてる」

確かにそう考えると、腑《ふ》に落ちなかった部分——煉条ほどの強者が遠野に心酔《しんすい》して服従していることだ——も納得できる。

「前から東界連合が手段を選ばずに戸籍を収集してるって話があったんだ。遠野は無戸籍児に戸籍を与えて恩を売って、手駒にしてきたんじゃねぇかと俺は踏んでる」

それはゼロにしてみれば庇護《ひご》しなければならない同胞《どうほう》を遠野に攫われ、完全服従する手駒に作り変えられていることを意味する。

ゼロの鼻の頭に獣《けもの》のような皺《しわ》が寄る。

「遠野は恩と暴力で東界連合を支配してる。煉条以外の幹部にも、そういう奴らがいるのかもしれない」

神谷町《かみやちょう》にある鹿倉の自宅マンションから少し離れたところでワゴン車が停まる。

日常に降り立って夜道をマンションへと向かいながら、旅行を終えたあと特有の侘《わび》しさのようなものを覚えていないことに鹿倉は気づく。

マンションのエレベーターに乗り、六階で降りる。鍵《かぎ》をドアに挿《さ》したところで、走る足音が近づいてきた。そちらを見て瞬きする。

「……ゼロ」

「忘れ物だ」

そう言いながらゼロが小さな袋を差し出してきた。

「俺の忘れ物じゃない」

「お前のだ」

押しつけられて受け取る。袋には新潟の土産物屋の名前が印刷してある。聞きこみをしているときにゼロがなにか買っていたことを鹿倉は思い出す。

袋を開けて中身を掌に出す。

「……」

小さな笹団子《ささだんご》のストラップだ。

どうやら、いらないからくれたらしい。

やたらリアルな笹団子に、鹿倉はふっと笑う。

ゼロも表情を緩め……視線が絡む。

その視線をぶつりと断ったのは、男にしては高く弾んだ声だった。

「あ、鹿倉さん!」

下の階に住んでいる早苗優が駆け寄ってくる。グレージュのもこもことしたケーブルニットセーターのせいで、いつにも増してカワウソ感が強い。

ゼロといるところを早苗に見られたくなかったが、すでに手遅れだ。

早苗が眼鏡の奥のつぶらな眸に好奇心を滲ませながらゼロを見上げ、頭を下げる。

「鹿倉さんの職場の後輩です。お友達ですか?」

お友達というフレーズがあまりにも自分たちには不似合いで、鹿倉とゼロは微妙な顔つきになる。

「鹿倉とは高校のときに部活が一緒だった」

「え、そうなんですか。じゃあ剣道部の先輩だったんですね。鹿倉さんはどんな高校生だったんですか? やっぱりパワハラ暴君キャラ……」

食いつく早苗の額を、鹿倉は鷲摑《わしづか》みにして自分のほうを向かせた。

「なんの用だ?」

尋ねると、早苗がムッとした顔になる。

「昨日の晩も今日の昼も、いませんでしたよね。スマホに連絡入れても無視するし、酷《ひど》いですよ。食事に誘おうとしたのに」

返信が面倒でメッセージをスルーしていたのだ。

「貴重な休日まで俺と過ごそうするな」

「指、頭に食いこんでますっ」

頭を放してやると、早苗が大袈裟に両手で頭を押さえ――そのままヒクヒクと鼻を蠢《うごめ》かせた。

そして匂いを辿《たど》る動きで、ゼロに近づく。

「これ、鹿倉さんの勝負香水と同じような……」

本当によけいなところに気が付く。

「気のせいだ」

「え、でも――」

さらにゼロの匂いを嗅ごうとする早苗に、鹿倉は今度は容赦《ようしゃ》なくアイアンクローをかけた。

鼻を掌で潰されたうえに顔面を手全体でホールドされ、早苗が呻く。

鹿倉は視線でゼロに立ち去るように告げ、彼がエレベーターに乗ったころ早苗を解放した。

「今日は疲れてるから部屋に戻れ」

手でシッシッと追い払う仕種《しぐさ》をして、玄関ドアに滑《すべ》りこむ。

鍵をかけて息をつき……左の掌を開く。

笹団子のストラップを眺めて呟く。

「こんなの使いようがないだろ」

5

月曜日、登庁して自分の席に腰を下ろしたとたん、早苗優《さなえすぐる》がデスクのうえに小さな紙袋を勢いよく置いた。

土産物屋の紙袋だ。

昨夜、早苗が登場してバタバタしているなか廊下に落としたのだろう。

早苗が鬼の首を取ったかのように腕組みしながら言う。

「新潟《にいがた》に行ってたんですね。あの高校の先輩とですか?」

下手《へた》な言い訳をすると馬脚《ばきゃく》を露《あら》わしそうだ。

「今度奢《おご》ってやるから詮索《せんさく》するな」

「海鮮が食べたいです」

「それならいい店を知ってる」

早苗が軽い足取りで向かいのデスクに戻っていく。

いつもよりしつこくないことが却って、早苗なりになにか察しているのだろうと窺《うかが》わせた。

——……まぁ、早苗でよかったとも言えるか。

うるさくはあるものの、実際のところ、早苗はこれまで私的な時間にもサポートをしてくれてきた。

鹿倉《かぐら》の視線を感じたらしい。早苗が眉根を寄せて訊《き》いてきた。

「なんですか？　やっぱり奢りたくないんですか？」

「いや…」

本当のことを言ってやる。

「俺はわりとお前のことを信頼してるんだなと考えてた」

早苗が目をパチクリさせてから、嬉しさをこらえきれないように口角を上げた。

その口許《くちもと》があまりにもコツメカワウソそのもので、鹿倉は危うく吹き出しそうになった。


金曜日の夜、仕事が上がってから鹿倉は東京地方検察庁九段《くだん》庁舎へと赴《おもむ》いた。

桐山《きりやま》から招集があったのだ。どうやら今夜、不可侵城《ふかしんじょう》に行くらしい。不可侵城に行く際は、九段庁舎一階のピロティ内部から車に乗りこむことを提案しておいた。鹿倉にはゼロによって、護衛兼尾行のエンウメンバーがつけられている。ピロティは見通しが悪いため、彼らを撒《ま》けるかもしれない。

ゼロは鹿倉が桐山と接触することに反対してきた。

桐山という法曹界のサラブレッドは、ゼロに言わせれば「コクミン」ではなく「ヒ・コクミン」なのだという。超特権階級として、ある意味、法の外に置かれているためだ。

『ヒ・コクミンのやり方はヒ・コクミンにしか読めない。お前には無理だ』

ゼロからそう言われたとき、コクミンとヒ・コクミンでは分かり合えないと決めつけるゼロに強い反発を覚えた。そして、自分だけ蚊帳《かや》の外――いや、蚊帳の内側で守られているような嫌な気分になった。

――……不可侵城のSSランクの招待カードをもってるような奴らはコクミンとは別格ってわけだ。

そして、ゼロはその領域を決して鹿倉に見せようとしない。

ならば桐山を利用して踏みこむしかない。

「俺もVIP席に行けるんだな？」

不可侵城へと向かうセダン車のなかで隣に座る桐山に尋ねると、スマートウォッチ風のものを渡された。

「SSランクだ」

これがあれば、不可侵城の深部に踏みこめる。

鹿倉が思わず唾《つば》を飲みこむと、桐山が無表情なまま目を細めた。

「いい顔をするな。舐めまわしたくなる」

鳥肌がたって顔をしかめると、桐山がまた「それもいい顔だ」と呟いて舌なめずりをした。

不可侵城の地下駐車場に着くと、桐山はみずからは黒山羊《くろやぎ》の仮面を着け、鹿倉には羊の仮面を寄越した。

桐山は降車するとラウンジへのエレベーターには向かわず、地下駐車場の端にある扉に手首を翳《かざ》した。招待カードが認証されて扉が開く。その先には紫色のドアのエレベーターが二基あった。

箱に乗りこんでパネルを見ると、地下二階から十二階までのボタンが並んでいた。ＳＳランクがはいれないのは、地下三階と十三階だけであるらしい。

「まずは食事にするか」

そう言いながら桐山が十一階のボタンを押した。

「レストランは九階だったはずだが？」

訝《いぶか》しく思いながら尋ねると、「ＶＩＰ専用だ」と返された。

着いてみて納得する。十一階は完全個室制だった。黒い扉にはブラックライトで模様が浮かび上がる仕様になっていた。

桐山が扉の前に立って、その模様を指差す。

「よく覚えておくといい。部屋番号と同じだ」

凝視するが、馴染みのない覚えにくいかたちだ。

「梵字《ぼんじ》か？」

「そうだ。キリークだ」

間接照明だけが点《つ》いた部屋はレストランの個室というより、ベッドのないスイートルームといった作りと広さだった。

深紅とモノトーンを基調としたゴシック調でまとめられていて、壁紙とゆったりとしたU字ソファは深紅。天井からはシャンデリアが吊るされている。床はモノトーンの市松模様なのだが、それがぐにゃりと歪んでいるせいで遠近感が狂い、異空間に足を踏みこんだような心地になる。

「バッドトリップ向けの部屋だな」

腐《くさ》すのに、桐山が褒められたかのように喉を鳴らした。

ソファではなく窓辺に置かれたダイニングテーブルに向かい合って座らされる。そこからはまさかのフレンチのフルコースで、食前酒は辛口のシェリー酒だった。

スリーピースをきっちり身に着けて黒山羊の仮面をつけたままナイフとフォークを優雅に使う桐山の姿は、シュールな悪夢そのものだ。しかし鹿倉のほうも羊の仮面をつけたままで、人のことを言えた義理ではなかったが。

どちらの仮面も鼻先が斜《なな》め下に長く伸びているため、手許の視界は利《き》きにくいものの飲食の妨《さまた》げになることはなかった。

悠長に食事をしている暇《ひま》があったらSSカードを駆使して不可侵城内を探って歩きたいところだったが、日本人好みに食材が引き立つよう繊細《せんさい》に調理された一品一品には、思わず唸らされた。

だから食事は食事として堪能しつつ、この場でできる情報収集に勤《いそ》しむことにした。

「個室にしてもずいぶん広いが、SSランク以外ははいれないのか？」

「SSランクの招待カードに紐《ひも》づけしてあるAランク以上の招待カードなら、同伴の場合のみはいれる」

「Aランク以上か。割と緩いんだな」

「金で買おうと思えば最低一億円相当だ」

「一億……Aランクでか？」

「そうだ」

「Bランクは五千万、Cランクで二千万。ただし、各ランクで招待カードは常に一定数に保たれているから、城の『番人』たちにツテがなければいくら金を積んでも入手不可能だ。逆に、番人のお眼鏡に適《かな》えば無償《むしょうじょうと》の譲渡もあり得る」

「その番人ていうのが、李アズハルから運営を任されてるわけか」

「各国の不可侵城もそういうシステムになってる」

いずれにせよ、そうとうディープな人脈がなければ番人と繋がることはできないのだろう。

「それで、Sランクはいくらなんだ？」

「十億」

「……SSランクは？」

「三十億だ」

聞いたとたんに招待カードを巻いている右手首がずしりと重くなるのを鹿倉は覚える。

桐山はずいぶんとサービスよく情報を与えてくれるが、それも鹿倉の反応を愉《たの》しむためなのだろう。仮面の下で舌なめずりするさまが透けて見えるようだった。

――SSランクがふたつで六十億か。

民間人が国際宇宙ステーションに滞在する旅行費、ひとりぶんの額だ。

それを桐山がわざわざ自腹で払って入手したとは思えない。ゼロにしても同じだ。おそらく番人から譲渡というかたちで入手したのだろう。

桐山が右手首の機器をつつきながら言う。

「これには、このなかでだけ使える仮想通貨がチャージしてある。その仮想通貨自体、別の匿《とく》名性《めいせい》の高い仮想通貨でしか買えない仕組みになってる」

匿名性重視のこの城では、あらゆる違法行為が解放されているのだ。

「さすがに職業柄《がら》、ムズムズしてくるな」

鹿倉が苦い顔で呟くと、桐山が膝のうえのナプキンをテーブルに置いて立ち上がった。

「君の目的は知っている。よけいな職業病も正義感も仕舞っておくことだ」

東界《とうかい》連合を壊滅させることが鹿倉の目的であることを、桐山は知っている。そのうえで不可侵城に誘ったということは、また東界連合絡みで鹿倉を利用しようという腹なのだろう。

──今度は乗せられてたまるか。利用するのはこっちだ。

そう胸のうちで誓《ちか》いながら、鹿倉も席を立ち、個室をあとにする桐山を追った。


紫のエレベーターに乗り、地下二階で降りる。

前にBランク用の緑のエレベーターを使ったときとは違う廊下だ。ＶＩＰ席は初めからフロアが分けてあるらしい。

またキリークの梵字が浮かび上がるドアを開ける桐山に尋ねる。

「今日はキリークの部屋を専有してるのか？」

「このＳＳランクの招待カードを所有している限り、この建物内のキリークの部屋はすべて私のみが使用する」

要するに、桐山が訪れない日は使用されることがないわけだ。

贅沢な話だが、三十億円の待遇と考えれば妥当《だとう》なのかもしれない──そう納得しかけて自《じ》嘲《ちょう》する。

――……こっちの感覚まで狂いそうだな。

桐山に続いてドアを抜けると、そこは個室の観戦席になっていた。十人ほど座れそうな深紅の革張りソファが嵌《は》め殺《ごろ》しの窓に向けて置かれている。

前に来たときに地下闘技場を見回してもこの窓の存在に気づかなかったのは、マジックミラーになっているせいだったのだろう。

ソファの前のローテーブルにはオペラグラスとリモコン、それに漆塗《うるしぬ》りの箱が置かれている。

鹿倉は窓に近づいて闘技場を見下ろした。

これならば場内を一望できるうえに、オペラグラスで観客のひとりひとりまで見ることができる。

二週間前、桐山はここから自分とゼロを見下ろしていたのだ。

地鳴りのような足踏みと歓声が聞こえてくる。八角形の金網フェンスに飛ばされたファイターが感電してリングに倒れこむところだった。そのファイターに対戦相手がホールドをかけようと覆い被さろうとすると、今度は対戦相手の身体がフェンスへと下から蹴り飛ばされた。

バチバチという感電音がすぐ近くで響いた。驚いて振り返ると、桐山がリモコンを手にしていた。壁に埋めこまれている大画面テレビに試合の様子が映し出されていた。ドローンで撮影《さつえい》されているものだろう。

ファイターのなまなましい苦悶《くもん》の声に顔をしかめながらも闘技に釘付《くぎづ》けになっていた鹿倉は、

背中に圧迫感を覚えて我に返った。

いつの間にか桐山が背後に立っていた。その手が鹿倉の両脇の窓につかれる。

「離れろ」

「今日は私のペットだ」

囁いて、桐山が右耳のなかに舌を挿入してくる。薄い舌が奥まで届いて、鹿倉は総毛立つ。撥《は》ね退《の》けたいところだったが、右手首に巻かれている三十億円の招待カードをまだ活用していない。唇を噛み締めて、意識を闘技へと逃がす。右耳のなかが濡れそぼると、今度は左耳を犯された。背後から重ねられた身体がさらに密着する。

「…っ」

臀部《でんぶ》に硬いものを押しつけられた。

「もういいだろう」

腰を捻じって逃れようとすると、羽交い絞《じ》めをかけられた。そうして服越しにねっとりと性器を擦りつけられる。甘い籠もったような香りが桐山から濃厚に漂いだす。

嫌悪感が電流のように身体中を駆け巡《めぐ》る。

さすがに耐えきれず、桐山の脛を蹴り飛ばそうとすると、さらにきつくガラスに身体を押しつけられて身動きを封じられた。耳の奥底をちろちろと舐められて、悪寒に身体がぶるりとする。ガラスに押しつけられた仮面で鼻が潰され、息が苦しくなる。

もう全力で桐山を弾き飛ばそうと身体に力を籠めたときだった。

機械音の単調なメロディが鳴り響いた。

すると桐山があっさりと耳から舌を抜いて鹿倉を解放した。踵《きびす》を返して壁のインターホンの画面を確かめ、ドアのロックを解除する。

両耳を掌で拭いながら鹿倉はガラスに背を預けた。そして、入室してきた者を見て目をしばたたく。

捉《とら》えどころのない曖昧《あいまい》な表情の女能面をつけている。光沢のある黒いハイネックのノースリーブに黒いタイトなパンツ、首には大きいチェーンのロングネックレス。ツーブロックの髪はうしろで束《たば》ねてある。

――……煉条だ。

桐山は遠野《とおの》亮二《りょうじ》と繋がっていたが、数ヶ月前に桐山が東界連合を罠《わな》にかけたことにより、その仲は断絶した……少なくとも、鹿倉はそう読んでいた。

しかしそれならなぜ、遠野の第一の狂信者である煉条がここに現れたのか。

惑乱していると、能面がまっすぐこちらに向けられた。鹿倉はピリピリと痛んでいる項《うなじ》を掌で押さえる。

「どっちのをヤればいいの？」

煉条に訊かれ、桐山が大画面テレビを消してソファに腰を下ろしながら鹿倉に尋ねる。

「君もヤってもらうか?」

意味が摑めないが「やめておく」と答えておく。

「私だけでいい」

どうでもいいように煉条が「そう」と返すと、桐山の前に両膝をついて座った。その手がなんの躊躇《ためら》いもなく、桐山のスラックスのベルトを外してファスナーを下ろしていくのを鹿倉は見る。

「座って観戦するといい」

桐山に促《うなが》されて啞然としたままソファに腰かけたものの、すでにリング上の試合は終わっていた。

俯《うつむ》いた能面は艶《えん》を含んで微笑《ほほえ》んでいるかのようだ。すらりとした指が桐山のビキニブリーフの前を引き下げる。すでに膨張してなかば下着から溢《あふ》れていたものが、重たげに頭を擡《もた》げる。

桐山のものなど見たくもないが、しかし煉条の指がペニスに絡みつくさまから目が離せなくなっていた。十本の色白の指が吸いつくように這いまわり、裏の張りを両の親指で挟むようにしてきつくなぞり上げる。亀頭の段差を擦り、先端の切れこみを指の腹で捏ねる。

見ているだけで自分のペニスに手淫《しゅいん》をほどこされているような錯覚が起こるほど、なまめかしくて手慣れている。

——……こいつは本当に、あの煉条なのか?

能面で隠されているのは、まったく別人の顔なのではないか。

そう疑いだしたとき、桐山が指示を出した。

「口でしてもらおう」

すると男は後頭部に手をやり、面紐《めんひも》をほどいた。能面の下から、女と見まごう華やかな顔が現れる。

それは狂気を滾《たぎ》らせた、鹿倉の知っている煉条だった。

横に長い目がいまにも弾けそうな殺意にギラついている。

桐山が笑うような吐息をついた。そして命じる。

「私のものを味わえ」

ふっくらとした唇が大きく開かれ、桐山のペニスに食いついていく。

……早苗から見せられた口を血だらけにしたオオカワウソの画像が脳裏に浮かぶ。

いまにも自分のペニスを喰いちぎられそうな強烈な恐怖がこみ上げてきて、鹿倉はきつく目を眇めた。

煉条の口に桐山のたっぷりと体積のあるものが消えていく。喉奥まで達したらしく、煉条の喉がグッ…と鳴る。

ゼロのものを咥えるときの口腔《こうこう》がはち切れそうになる感覚と喉奥が詰まる感覚が、なまなましく思い出される。

しかし煉条はみずからの喉を破ろうとしているかのように、斟酌《しんしゃく》なくさらに深く、根元まで桐山のものを咥えこんだ。それでいてその顔は怒りに輝き、いまにも口にしている肉をズタズタに喰いちぎりそうだ。

——どうかしてる……。

憤《いきどお》りながら口淫をしている煉条も、狂暴な捕食動物に自分の性器を咥えさせている桐山も、同じぐらい異様だ。

煉条の後頭部に桐山の手が伸びる。髪を束ねているゴムが外された。髪が流れ落ちてツーブロックが隠れると、ゾッとするほどの妖艶《ようえん》さが煉条を彩《いろど》る。憤りに火《ほ》照《て》る頬に、その内側で包んでいる亀頭のかたちが浮かぶ。そうしながら舌を巧《たく》みに蠢かして幹を舐めているらしい。クチュクチュと湿った音がする。

いったん口から出すと、今度は舌を付け根から思いきり伸ばしてペニスを余すところなく舐めまわす。途中で横から咥えたときには、甘噛みする歯をわざと覗かせた。

桐山の吐息が乱れだす。

黒山羊の仮面の下で、冷徹《れいてつ》な男はいまどんな表情を浮かべているのだろうか。

煉条がふたたび桐山のものを咥えたかと思うと、凄い速さで頭を前後に振りだした。淡い色の髪が大きく揺れて、顔にかかる。

その髪の下から、煉条がこちらを見た。

とたんに鹿倉は、まるで自分のものを口で愛撫《あいぶ》されているかのような刺激を下腹部に覚えた。

思わず身体が強張《こわば》り……ペニスが反応してしまっていることに気づく。

煉条が根元までぐっぽりと咥えて、喉で激しく啜《すす》る音をたてる。

ゼロにそうされたときの感触が甦ってきて、鹿倉の亀頭はヒクヒクと震えだす。

「……、っ」

思わず喉を鳴らしてしまったのと同時に、桐山が煉条の頭を両手でグッと押さえた。ソファ越しに、桐山の身体がわななくのが伝わってくる。

煉条が口を犯されたまま噎《む》せる。

その紅《あか》みを強くして腫《は》れた唇をめくりながら、ペニスがずるずると引き抜かれていく。煉条の口からごぷりと白濁《はくだく》と唾液が混ざったものが溢れ、顎から床へと垂れる。

「なかなかよかった。遠野氏に私の代わりに礼を伝えておいてくれ」

煉条は口のなかに残っているものを床に吐き出すと、手の甲で口を拭って立ち上がった。

そしてもう、いまさっきのことなどなかったかのように窓からリングを見下ろす。

「煉条は、そろそろ出番だ」

どこか舌ったらずな呂律《ろれつ》で言うと、彼は髪をひとつに束ね、能面をつけて部屋を出て行った。

桐山のほうもみずからのものを漆塗りの箱のなかの黒いティッシュで拭って仕舞うころには、いつもの鼻もちならない超然とした様子に戻っていた。

「お前と遠野はまだ繋がってるわけだ?」

濁《にご》った低い声で問うと、桐山がそれには答えずにリングを指差した。

見れば、ラバーマスクをつけた煉条が八角形の金網フェンスのなかへとはいっていくところだった。今日の対戦相手は巨漢の外国人だった。まるで大砲のような相手の腕から繰り出されるパンチを、煉条が野生動物さながらの素早さで躱《かわ》していく。

鹿倉はオペラグラスを手にして、固唾《かたず》を呑んで闘《たたか》いを見詰める。

見たところ丸腰のようだ。憤怒《ふんぬ》をぶつけるかのように煉条がパンチや蹴りを繰り出すが、巨漢はものともせずにリング中央から動かない。前回のように金網まで連れて行って、電流と爆破の餌食《えじき》にするのは難しそうだ。

巨漢の背後に回りこんだ煉条が飛び蹴りを喰らわせようとすると、太い腕が伸びて、易々《やすやす》と煉条の片脚を摑んだ。その場で巨漢がぐるぐると回りだす。片足のふくらはぎを摑まれて振りまわされる煉条はまるで壊れた人形のようだった。

しかしおそらく身を任せているのは、金網フェンスに投げ飛ばされるのを待っているからなのだろう。そちらに誘導できれば煉条は優位に立つ。

だが、巨漢は煉条を投げ飛ばさずに、リングに叩きつけた。玩具を破壊しつくすように幾度《いくど》も叩きつける。そしてぐったりした煉条の両脚をかかえ上げると、ふたつに折りたたむかたちで巨体で圧《の》し――腰を動かしだした。

完全に犯されているようにしか見えない。

桐山が大画面テレビを点け、部屋に発情した獣そのままの息遣いと「おお、おお、っ」という喜悦の呻きが流れる。いよいよ男の動きと声が絶頂を迎えようとしたころ、煉条の腕が男の首に絡みつくような動きをした。

かと思うと、巨漢が全身を硬直させた。そして自身の首元に手をやる。

そこにはチェーンが巻かれていた。煉条が首にかけていたネックレスだ。

そのチェーンを煉条は両手で容赦《ようしゃ》なく締め上げる。

「ぐ…う…ううう」

窒息《ちっそく》した巨漢の身体がドウッと横に転げた。煉条がゆらりと立ち上がり、男をうつ伏せに蹴り転がして、その背に跨《また》がる。そうしてふたたびチェーンを握って、馬の手綱《たづな》を強く引くようにした。巨漢が身体を反り返らせ、白目を剝いて口から泡を噴き出す。

煉条の哄笑《こうしょう》が耳元で轟《とどろ》く。

6

海鮮料理屋の個室、舟盛りの刺身にコツメカワウソが食いついている。

眉間《みけん》に皺を寄せてヒレ酒を飲みながら鹿倉《かぐら》はその様子を眺めていた。

土曜の休日出勤の仕事上がり、早苗《さなえ》が新潟《にいがた》旅行の口止めの海鮮料理を要求してきて、こうして餌付《えづ》けコースとなったわけだ。

うっとりした顔で金目鯛《きんめだい》を飲みこんで、早苗が訊《き》いてくる。

「鹿倉さんは食べないんですか？」

「俺はいい」

「体調でも悪いんですか？　昼もあんまり食べてませんでしたけど」

「寝不足なだけだ」

不可侵城《ふかしんじょう》を出たのは午前四時近くだった。それからマンションに戻ってシャワーを浴び、休日出勤前に仮眠を取ろうとしたのだが、気が立っていて結局まったく眠れなかった。

不可侵城のSSランクの領域は、完全なる治外法権だった。

煉条《れんじょう》の試合を見終えたあと、桐山《きりやま》は鹿倉に単独での自由行動を許した。それは鹿倉を信用してのことではなく、鹿倉が自滅してもいっこうに構わないからに違いなかった。

闇《やみ》カジノでは高々と積まれたチップの山が行き交い、売春階では人気アイドルや売れっ子女優、若手男性俳優まで売られていた。オークションルームもあり、盗品であろうものが目が飛び出るような額で落札されていた。

見てまわっている最中、幾度も薬の売人に声をかけられた。少し話を聞いてみたところ、クロコダイルなどの致死率の高いデスドラッグまで売られていた。

ドラッグで飛んでいるらしい男女が、乱交部屋に引きずられていく姿も目撃した。

バーで耳を澄ましていると、政治家と暴力団幹部らしき組み合わせの会話まで聞こえてきた。

鹿倉の性質を知っているゼロが、行動範囲をBランクに制限したのは適切な判断だったのだ。

実際のところ何度も自制心が弾けそうになり、その度に唇や舌を噛んで踏みとどまったせいで、不可侵城を出るころには口のなかが血だらけになっていた。

いまもヒレ酒が傷に沁《し》みて仕方ない。けれどもその物理的な痛みが、胸糞悪さを消毒してくれているのも確かだった。

レモン汁をかけた牡蛎《かき》をちゅるんと吸いこんで、早苗が個室を見回す。

「大人の隠れ家って感じの店ですね」

「前に相澤《あいざわ》さんに連れてきてもらった」

「さすが相澤さんですね。こういうところで飼ってるライターたちを接待してるんでしょうね。僕もいつか、そんなふうになりたいなぁ」

「……お前が、飼うのか？」

早苗がヒレ酒をゴクゴクと飲んで、激しく噎《む》せた。

みるみるうちに顔が紅《あか》くなっていき、目がとろんとしだす。

早苗は酒に弱いわけではないが絡み酒という、実に厄介《やっかい》なタイプだ。

「鹿倉さんは僕を甘く見すぎなんですよ。僕はぁ、オオカワウソになるんですからね。警視庁のオオカワウソれす！」

早くも怪しくなっている呂律でそう言って、刺身をふた切れまとめて口に放りこむ。そしてなかなか飲みこめずにモチャモチャと懸命に咀嚼《そしゃく》する。

「まぁ、無理はするな」

「無理じゃありません。外国人で僕のことを頼ってくれる人たちも、いるんれすよ？　それに鹿倉さんが言ったんじゃないれすか。『お前は語学に優れてる。その力を買われてうちに来た。加害者の取り調べはもちろん、被害者の訴えをしっかり掬《すく》って伝えるのがお前の仕事だ』って。だからそうしてたら、僕を頼って情報をくれる人たちが出てきたんれす」

自分の言葉を早苗が丸ごと覚えていて、心に置いてくれていたことを鹿倉は知る。

――見た目は頼りなくても、こいつはこいつなりに芯がある。

またヒレ酒を呷って、早苗が息巻く。

「オオカワウソは無理かもしれませんけど、ラッコにはなれます」

「なんでラッコが出てくるんだ？」

鬼の首を取ったような顔で早苗が返す。

「知らないんれすか？　ラッコはコツメカワウソと同じ、食肉目イタチ科カワウソ亜科なんれすよ」

コツメカワウソとラッコでどちらが攻撃力が高いのか怪しいものだが、とりあえず大きさではラッコのほうが勝っている。

「わかった。お前はラッコを目指せ」

緩い笑いを鹿倉は漏らし……早苗のこういう人の気を緩めさせるところもまた、彼なりの人望に繋がっているのかもしれないと気づく。

もっとも組対部《そたいぶ》に不向きなようでいて、案外、頼もしい存在に育っていくのかもしれない。

酔っ払った早苗がカワウソの長談義をしだしたところでお開きにする。

まともに歩けない早苗をなかば担《かつ》ぐようにしてタクシーに乗りこんだ。

「今日はご馳走様れした」

早苗がそう言いながらグラグラする頭を下げ、思い出したようによけいなことを口にした。

「あの高校時代の先輩のことは、誰にも言いまへん。……で、本当はどんな関係なんれすか？」

「ただの高校の先輩後輩だ」

「ふーん。先輩と同じ香水使うなんて、鹿倉さんも可愛いところあるんれすね？」

ケタケタと笑いだす早苗の項《うなじ》を鹿倉はむんずと摑むと、その頭を思いっきり揺さぶってやる。

するとアルコールが脳に回りきって、電池が切れたみたいに早苗が瞼《まぶた》をぱたりと落とした。

そのまま肩に凭れかかってきて小さく鼾《いびき》をかきはじめる。

——カウウソの嗅覚《きゅうかく》はあなどれないな。

やはり、ただ旅行をともにした高校時代の昔馴染みという設定を早苗は信じていないらしい。口ぶりからすると、同性愛的な関係だと踏んでいるのかもしれない。

さすがに、あのエンウのリーダーを鹿倉が飼っているなどとは夢にも思っていないだろうが。

自分はゼロを飼い、ゼロに自分は飼われている。

肉体関係はその延長線上にあるものだったはずだが、いつしか自分たちの関係は不可逆的なものになっていた。

「もう、手遅れだ」

そう呟くと、胸に甘苦しい痺れが生じた。


十二月にはいり、街のイルミネーションがクリスマスめいてくると、警視庁は慌ただしさを加速させていく。年末年始は事故と事件の件数が跳ね上がるのだ。

忙殺されながらも鹿倉の頭には常に遠野亮二《とおのりょうじ》のことが張りついていた。

空港などでは引き続き遠野の入国に目を光らせているが、いまのところ空振り続きだ。

非正規ルートでの入国については、ゼロがエンウを通じて全国に張り巡らせた情報網で調べてくれているものの、やはりなんの動きも捉えられないでいる。

——もし遠野が帰国するなら、煉条が動く。もしかすると桐山も手を貸すつもりでいるのかもしれない。

桐山は東界連合《とうかい》を陥《おとしい》れて逮捕者を出したものの、桐山と遠野はいまだ煉条を通じて繋がっているのだ。少なくとも遠野が入国すれば桐山にもなんらかの連絡がはいる可能性が高い。だから桐山から不可侵城に誘われれば、できる限り応じた。

不可侵城のオーナーである李《り》アズハルは、シンガポールで遠野を匿《かくま》っているという。桐山と同行すれば、そのオーナーの動きを知る機会もあるかもしれない。

その日、終電で神谷町《かみやちょう》駅を降りた鹿倉は、斜《なな》め前を徐行運転するセダン車の運転席を覗きこみ、その車の後部座席に乗りこんだ。

「なにかあったのか？」

運転席のサラリーマン風の男、カタワレに尋ねる。

「ゼロから伝言を頼まれました」

「どんな内容だ？」

「『東界連合がエンウのメンバーに襲撃をかけているが、もし警察沙汰《ざた》になっても絶対に首を突っこむな』だそうです」

鹿倉は思わず助手席のシートを摑んで前のめりになりながら問いただす。

「エンウのメンバーを襲撃だと？」

襲撃するということは、東界連合はエンウのメンバーを特定しているわけだ。

エンウという警察でも実態を掴めずにいる集団のメンバーを、どうして東界連合が把握しているのか。

それはゼロにとってもエンウにとっても非常事態だ。

「ゼロに会わせろ。直接、話を聞く」

「できません。だから私がこうして伝言をしに来たんでしょう」

カタワレが座る運転席のシートに、鹿倉は拳をぶちこむ。

「それなら、俺は首を突っこみまくるぞ」

「困ります」

もう一回、運転席のシートを殴る。

「困るならゼロのところに連れていけ」

低く濁った声で脅すと、カタワレが溜め息をついて車を路肩に止めた。そしてスマホでメッセージを打つ。幾度かのやり取りのあと、「会うそうです」と言いながらカタワレがふたたび車を発進させる。

そして不服そうに付け足した。

「脇の甘い刑事さんは正直、足手纏いなんですよ。それを自覚してほしいですね」

「……刑事だから力になれることもある」

「ルールに縛られてるコクミンが、自由なヒ・コクミンの力になれるとでも?」

言い返そうとしたが言葉が出ず、鹿倉は乱暴にシートに背を戻す。

リキは地下闘技場のファイターとして、カタワレはハッカーとして、法の外側で手段を選ばずに生き抜いてきたのだ。

不可侵城に出入りするようになって意識が暗順応しつつあるのだろう。それがどういうことなのかが、少しずつ見えてきていた。

車が着いた先は、都下にあるこぢんまりとしたクリニックだった。横道にはいるとそこに警備員が立っていて、建物の地下駐車場へと誘導された。入庫すると、シャッターが閉ざされる。

「ゼロはここにいるのか？」

なにか嫌な感じを覚える。そもそもゼロ自身が重要なことを直接話さなかったことも、会いたがらなかったことも、奇妙だったのだ。

カタワレが無言のまま駐車場奥にあるエレベーターに乗る。車内から見たこの建物は三階建てだったが、パネルにはこの地下一階と地下二階のボタンしかない。箱が下降する。扉が開くと、消毒液の匂いと——血の匂いがした。

嫌な感じは、いまやチリチリとした刺激になって身体のあちこちに拡がっていた。

「ここは協力者の病院です。私たちは一般の病院では医療を受けられませんので」

カタワレがそう説明して、廊下の最奥《さいおう》にあるドアをノックする。

「カタワレです。連れてきました」

そしてドアを開きながら小声で言ってきた。

「無駄に騒がないでくださいね。これが私たちの日常ですから」

その部屋にはいると、消毒液と血の匂いがいっそう濃くなった。一台だけ置かれたベッドに、ゼロが横たわっている。白い蛍光灯に照らされた顔は蒼褪《あおざ》めていた。

頭から血の気が引くのを覚えながら鹿倉はベッドに近づく。

視線だけでこちらを見たゼロが口許に笑みを滲ませた。

「そんな顔をするな。傷に響く」

「どうなってるんだ…」

背後からカタワレが答える。

「五つの弾《たま》はすべて摘出済みで、内臓に損傷はないそうです。命に別状はありません」

それを受けてゼロが「軽傷ってことだ」と軽口を叩く。

「……」

鹿倉はグッと拳を握り締め――自分の身体が震えていることに気づく。

心臓が喉元までせり上がっているかのようだ。

「どういう……ことだ?」

声の震えを隠せない。

「どうしてこんなことになってるのか、説明しろ…っ」

これは憤りの震えだ。

涙の滲む目で睨みつけると、ゼロがカタワレに「ふたりにしてくれ」と告げた。

「座れ」

ベッド横のパイプ椅子を視線で示され、鹿倉はそれに浅く腰かけて深呼吸をした。

「……痛むのか?」

「まぁまぁ痛むな」

「お前に五発も撃ちこんだのは、東界連合の奴か?」

少しだけ冷静になって、エンウのメンバーが東界連合の襲撃を受けているという話をカタワレから聞いたのを思い出したのだ。

ゼロが頷く。

「この半月ほどで十回の襲撃を受けた」

「警察にはそんな話はまったく上がってきてないぞ」

「俺たちはどんな被害に遭おうが警察には通報しない。襲撃を目撃した奴が警察や救急車を呼んでも、到着前になんとしてでも逃走する。死体になってない限りな」

言われてみれば当然だ。

無戸籍である彼らは、日本にいながら、いない存在なのだ。

警察のような公的組織にとって彼らは守るべき市民から外れた存在であり、病院にとっては国民皆保険外の異物なのだ。

そしてなにより、彼らはエンウという組織を守り隠すことを第一としている。エンウは彼らにとって、ただひとつの拠《よ》りどころだ。そこでのみ、彼らは何者かで在《あ》れる。存在することを認められ、許される。

――死体になってない限り警察からは逃げる、か。

本来の自分とゼロの関係を突きつけられて、胸に重苦しいものが満ちていた。

その感情を抑えこんで尋ねる。

「だが、どうして東界連合の連中がエンウのメンバーを把握してるんだ?」

ゼロが険《けわ》しい顔つきになる。

「前から情報が漏れているとしか考えられないことはあった」

「……身内に内通者がいるかもしれないってことか?」

「そういうことになるな」

鹿倉が知る限り、エンウは東界連合のように恩と暴力で集団を支配する組織ではない。それぞれがみずからの存在のために互いを必要とし、身を寄せ合っている集まりだ。そこに裏切者がはいりこんでいたら、どうなるのか。

派閥に分かれて闘争することもなく、コンクリートが水分を含んで崩れるようにボロボロと瓦解《がかい》していくのではないだろうか。

「さすがの俺も余裕をかましてられそうにない」

疲弊《ひへい》の色がゼロの目許を翳《かげ》らせる。こんなに弱ったゼロを見るのは初めてだった。

——力になりたい。

強い想いがこみ上げてきて、口から溢れた。

「俺もなにか警察に情報がはいったら……」

「お前は首は突っこむなっ」

ゼロが上体を跳ね起こし、大きく唸った。その強張った顔の輪郭《りんかく》に脂汗が伝う。

鹿倉は慌ただしく椅子から立ち上がり、ゼロの背中を手で支えた。患者衣越しにも、痛みに隆起してわななく筋肉の蠢きと高熱が伝わってくる。

しかしゼロは激痛に耐えながら身をよじり、支える鹿倉の手を退けた。

「陣也《じんや》」

手負いの獣のように獰猛《どうもう》な顔つきで、ゼロが言い放つ。

「俺の邪魔をするな。お前の尻ぬぐいまでする余裕はない」

「——」

まるで心臓に深々と牙を突き立てられたかのようだった。

立っている場所は違っても、……むしろ違うからこそそれぞれの立ち位置から、対等に共闘する関係になれるはずだと思ってきた。

しかし、ゼロにとって自分はいざというとき頼みにできる存在ではないのだ。

——俺がこいつを信頼しているようには、こいつは俺を信頼してない。

その事実に胸が冷え、頭が煮えた。

「……俺がなにをするかは俺の選択だ。お前のほうこそ手出しも尻ぬぐいもするな」

押し殺した声でそう告げると、鹿倉は踵を返して病室をあとにした。

廊下に出るとそこで待っていたカタワレが「送ります」と言って、同じエレベーターに乗ってきた。

「送らなくていい。俺のことはもう放っておけ」

「ゼロと喧嘩したんですね」

「喧嘩じゃない。決裂だ」

呆れたような溜め息をカタワレがつく。

「コクミンとヒ・コクミンが近づきすぎればそうなって当然ですが」

地下一階に着いたエレベーターのドアが開き——それと同時に、犬が飛びこんできた。右前脚のない三本脚の犬だ。カタワレではなく鹿倉ひとりに向かって唸る。それを警備員が飛んできて取り押さえた。その時、被っている警備帽が落ちた。

右半分に大きく赤紫色のケロイドが拡がる顔が露わになる。右の耳も変形している。

警備員は慌てて帽子を被ると、犬の首輪を摑んで地下室にある警備員室へとはいっていった。

「彼も私たちの仲間です。東界連合に臓器売買の品として海外に売られそうになっていたところをエンウが保護しました」

「あの顔のも東界連合の仕業《しわざ》か？」

「おそらくそうでしょう。喋《しゃべ》れないように舌も切られていました。右脚を引きずっているのは、逃げられないように骨を折られていた後遺症です」

「……」

鹿倉が強い憎悪《ぞうお》に身震いすると、カタワレがふと表情を緩めた。そして車に乗るようにと促す。顔をしかめたまま鹿倉は後部座席に乗りこんだ。

ゼロに対する反発が、いまさっき突きつけられたことによって違う色を帯びていた。

「東界連合は無戸籍児を捕まえて、手駒にしたり売り物にしたり、してきたわけだな」

流れる夜の街の景色に目を据えながら鹿倉が言うと、カタワレが昏《くら》い声で付け足す。

「親が子供を東界連合に売ることもあります」

子供のことが可愛くない親などいない。それが事実でないことは仕事柄《がら》よくわかっているつもりだったが、それはおそらくエンウの者たちにとってはありふれたことなのだろう。しかも無戸籍児にはおおやけの保護の手も届かない。そもそもこの世に生まれたことすら、国に知られていないのだ。そのような存在は簡単に食い物にされ、葬《ほうむ》り去《さ》られる。

だから彼らは互いを助けて繋ぎ止め、エンウという大きな傘《かさ》の下に身を寄せ合っているのだ。

――そして、その傘の柄《え》を握っているのが、ゼロなんだ。

ゼロの信頼を勝ち得るということは、その傘の柄をともに握るのを許されることなのではないか。

――俺はまだ、それだけのものをゼロに示せていない。

マンションから少し離れたところで車を降りてから、ふと掌に痛みを覚えた。いつから拳を握り締めていたのだろう。

手を開くと、掌がまだらに充血していて、爪のかたちに血が滲んでいた。

7

不可侵城《ふかしんじょう》十一階のキリークの部屋。

そこに置かれたゆったりとした深紅のU字ソファに、鹿倉《かぐら》は桐山《きりやま》と少し距離を置いて座っていた。ローテーブルのうえにはシャンパンや華やかな色合いのピンチョス、まるでケーキのように盛りつけられたカットフルーツが並んでいる。

「口に合わないか？」

ソファに深く腰かけて、手持ち無沙汰にオードブルピンを指先で転がしながら鹿倉は返す。

「こういうのをちまちま食うのは性に合わない。ホールケーキを丸ごと出されたほうが、まだマシだ」

長い脚を組んでシャンパングラスを手にした桐山は、ワイシャツにベストとスラックスという格好で、黒山羊の仮面を被っている。この部屋のインテリアと相まって、まるでゴシックホラー映画のワンシーンのような非現実感だ。

「それならクリスマスイブにはホールケーキを用意しよう」

いつもクリスマスイブなど仕事に忙殺されて、気が付いたら仕事納めというのが定番だ。しかし桐山とお通夜《つや》のようなクリスマスイブを過ごすよりは、そのほうがよほどマシというものだ。想像もしたくないから答えずにいると、桐山に訊《き》かれた。

「それとも一緒に過ごしたい相手でもいるのか？」

「さあな」

「たとえば、前にここに一緒に来ていた男とか」

羊の仮面の下で、鹿倉は思わず表情を固くした。平坦《へいたん》な声音で返す。

「あの男は関係ない」

桐山がグラスを置いて立ち上がり、鹿倉のすぐ隣に座りなおした。

耳に吐息をかけられ、聞こえるか聞こえないかの声で。

「エンウの、ゼロ」

心臓をじかに握り潰されたかのような衝撃《しょうげき》を鹿倉は受ける。

「組対《そたい》の刑事がつるむべき相手ではない」

髪を撫でてくる手指を手で払おうとすると、右手首を握られた。

「すごい脈拍だ」

「――鎌をかけてるつもりか？」

「ゼロの母方の祖父が死刑囚《しゅう》だったことは知っているのか？」

血の気が引いて、頭の奥がチカチカしだす。

――桐山は、知ってる。

ゼロがエンウを束ねていることも、彼がどのような出自であるかまでも知っているのだ。

そして桐山はその気になれば、ゼロが握っているエンウという傘の骨をグシャグシャにすることもできる。それだけの権力と冷徹な実行力を具《そな》えている男なのだ。

「あの男のなかには穢《けが》れた因子が流れている。君と光の当たるところに立つことはない。結局は暗がりへと逃げ去って、君の前から姿を消す」

まるで預言するかのようなその囁きはひどく不快で、鹿倉の気持ちを逆撫《さかな》でた。

――俺たちの関係は、そんな薄っぺらいものじゃない。

東界《とうかい》連合を壊滅させるために共闘しているのだ。

それを果たすことができたとき、自分は従姉《いとこ》の弔《とむら》いをようやく終えることができる。ゼロもまた無戸籍児たちが闇から闇へと葬り去られるのを防ぎやすくなる。

——……それが、俺たちの目指すことだ。

互いの目的は明確なはずなのに、なぜかひどく気持ちがざわつく。

その正体を見極めようとしていると、肩を掴まれて押された。ソファに身体が仰向けに倒れる。

黒山羊の仮面の下からくぐもった声が落ちてくる。

「君は私に捧げられるべきものだ」

いまさらのように鹿倉は、自分たちの仮面の意味に気づかされていた。

黒山羊は悪魔の化身で、羊はそれに捧げられるものだ。

ネクタイを抜かれる。ワイシャツのボタンを外されていく。ワイシャツの裾《すそ》がスラックスから引き抜かれ、インナーシャツの裾を捲《まく》り上《あ》げられる。

鹿倉は身動きができずにいた。

桐山をいますぐ撥ね退けて殴りつけてやりたい。しかし、桐山はゼロとエンウのことを把握していて、どうとでもできるのだ。もしここで自分が桐山を拒絶したら、どうなるのか。

——ゼロが守ってきたものが、破壊される……。

その想いに身体を縛《しば》りつけられていた。

露わになった胸を見詰められる。桐山の視線が当てられている場所に、カメレオンの舌で触れられているかのようなゾッとする感触が起こる。

「もう乳首《ちくび》が勃《た》ってきた」

「…っ」

仮面の突き出た鼻先のせいで自分の胸元は見えないが、胸の肌が嫌悪感に粟立っているのはわかる。

左胸をひんやりとした手指で包まれて、胸筋をまさぐられる。指先で乳首を摘《つ》ままれ、きつくひねられた。痛みをこらえて、みぞおちにグッと力が籠もる。

「なかなかいい摘まみ心地だ」

粒を捻じり取るつもりかと疑いかけたころ、パッと乳首から指が離れた。左胸が内側まで熱くなる。

「あの男に育ててもらったのか?」

「……気色悪いことを言うな」

まるで褒められたかのように桐山が喉をわずかに震わせた。

「君はそうでないと詰まらない」

炎症を起こしたようになっている乳首を、クニクニと指の腹で嬲《なぶ》られる。

もしゼロにされたら身体が疼《うず》くだろうことも、相手が桐山だと寒気しか覚えない。頭の芯がキン…と冷えきっていた。

桐山が黒山羊の仮面を外す。

その下には前にゼロがつけていたのと同じゾロマスクをつけていた。

桐山の吐息が胸にかかる。左の乳首に湿ったものをぺっとりとくっつけられる。それが蠢く。

そこから全身にぶわっと鳥肌が拡がって、鹿倉は仮面の下で顔を歪めた。

ともすれば桐山を殴り飛ばそうとする右手をソファの背凭れに這わせ、そのいただきをグッと握り締める。

「そんなに緊張しなくていい。今日は胸だけ味わわせてもらう」

その物言いにも内容にも虫唾《むしず》が走る。

仮面に視界を遮《さえぎ》られているのがせめてもの救いだった。しかし見えないせいで、却って感覚が鋭敏になっているらしい。桐山の薄い舌がくねりながら粒に絡みつく微細な感覚まで拾ってしまう。

乳輪《にゅうりん》をくるりくるりと尖らされた舌先で辿られる。

そして、嫌悪感に凝《こご》っている乳首に吸いつかれた。

男の胸倉を摑もうとする左手でソファの座部を摑む。

左胸をしゃぶられながら、右の粒を抓《つね》られた。痛みに腰がよじれる。その動きを封じるように桐山が体重をかけてくる。腿に硬いものを感じる。

……桐山のペニスに奉仕する煉条《れんじょう》の姿が脳裏に浮かんだ。

煉条があのような行為をしたのは、おそらく遠野《とおの》から桐山《きりやま》の要求に応《こた》えるように命じられているからなのだろう。彼がそこまで遠野のためにするのは、やはりゼロが推察していたように、もともとは無戸籍児で、蓮見敏《はすみさとる》の戸籍を遠野によって与えられたためなのか……。

「…ッ」

左乳首をガリッと噛まれる痛みに、鹿倉は思わず身を跳ねさせた。

被っている仮面の鼻先を、桐山の指にもち上げられる。顔を覗きこまれ、問われる。

「気持ちいいのか？」

侮蔑《ぶべつ》のまなざしで鹿倉は答える。

「気持ち悪い」

すると桐山がわずかに頬を緩めた。

「最高だ」

そうして夜の沼を思わせる黒々とした眸で鹿倉の顔を眺めたまま、ふたたび胸へと長々と舌を伸ばした。

桐山に乳首を舐められるさまを目にしてしまう。

この絵面と不快さを、自分は忘れることはないのだろう。そう考えると、桐山は自分に爪痕を残したことになるわけだ。

憤りに眉根がきつく寄り、頬が引き攣れる。下唇の内側をギッと噛み締める。

そんな鹿倉の表情に、ゾロマスクのあいだから覗く眸が劣情を帯びて光る。

「――」

たぶん、ゾロマスクとその黒すぎる眸が、頭のなかでゼロと結びついたのだろう。

身体の奥で、小さな火花が一瞬、散った。

そのことに心底からゾッとして、鹿倉はとっさに目を閉じた。それは桐山に対して小さな負けを認めることだったが、そうせずにはいられなかった。

桐山が胸を嬲ることに飽きるまでのあいだ――おそらく一時間近く、鹿倉は目を閉ざしつづけ、悪寒だけを追っていった。

「鹿倉、今晩ちょっと一杯やるか?」

デスクで報告書を作っていると、組対二課の中堅刑事である相澤《あいざわ》が声をかけてきた。彼は幅広いジャンルのライターを飼っていて、そこから情報を吸い上げている。その人脈の力を借りるために、鹿倉は数日前、あることを相談していたのだ。

「ぜひ」と即答すると、向かいのデスクの早苗《さなえ》が首を伸ばして反応した。

「え、一杯やるなら僕もご一緒できますけど」

「お前はいい」

すげなく返すと、早苗が眼鏡の奥で不満げに目を眇めた。

「僕だって相澤さんと酒を酌《く》み交《か》わしながら仕事術を教わりたいんですけど」

「じゃあ、来週あたり飲みに行くか」

相澤の言葉に早苗が「行きます行きます」と椅子から腰を浮かせる。

「いいんですか？　あいつ、たちの悪い絡み酒ですけど」

「鹿倉さんはよけいなこと言わなくていいですから」

ふたりのやり取りを眺めて、相澤が「すっかり、いいコンビだな」と笑って、「じゃあ例の店に、二十二時な」と言って去っていく。

「いいコンビって言われましたよ」

ご機嫌なカワウソみたいな口許になっている早苗に口角を下げて見せてから、鹿倉は報告書を急ピッチで仕上げていった。


時間ちょうどに海鮮料理の店に着くと、相澤はすでに個室でヒレ酒を口にしていた。

「お疲れ」

「お疲れ様です――いい情報提供者はいましたか？」

相澤の向かいに胡坐《あぐら》をかきながらせっついた鹿倉は、座卓に三つのヒレ酒が置かれていることとに気づく。

「あの、もしかして今日ここに?」

「ああ。もう着いたようだ」

スマホのメッセージを確かめながら相澤が言う。それからすぐに襖《ふすま》が開き、四十代なかばぐらいのミリタリー風のつなぎ姿の男がはいってきた。白髪交じりの髪はボサボサで目許に前髪がかかっている。頬や鼻が痩《や》せていて、神経質そうな印象だ。

「アマチュア無線専門誌のベテランライターの有田《ありた》さんだ」

名刺を交換して、有田がボソボソとした声で相澤に尋ねる。

「あんたが信頼してる奴なんだな?」

「ええ。自分がぬるい仕事してるって、こいつに目を覚まさせられたんですよ」

有田は相澤のことを深く信頼しているのだろう。その相澤の言葉で、有田は初めてまともに鹿倉のほうを見て、じっと観察した。しばらくしてからヒレ酒をひと口含んで、言った。

「わかった。話を聞こう」

鹿倉は斜め向かいに座る有田のほうへと身を乗り出すようにして、声を低めた。

「航空無線と海上無線の傍受《ぼうじゅ》をお願いしたい。不法入国を目論《もくろ》んでいる男をなんとしてでも捕まえなければならないんです」

「どこからの不法入国だ?」

「おそらくシンガポールからですが、どういう経由で来るかは不明です。李《リ》アズハルという富豪が関与している可能性が高い。不審な内容の無線があったらどんな細かいものでも教えてもらいたい」

不可侵城《ふかしんじょう》で桐山の生贄《いけにえ》になったあと、解放された鹿倉はSランク以上専用のバーに行き、そこで聞き耳をたてていた。その時、不可侵城のオーナーである李アズハルが年内に来日するらしいという話を耳にしたのだ。

遠野は李アズハルにシンガポールで匿われているという。

彼が動くということは遠野の入国の手助けをする目算が高い。

無線傍受も本来なら警察で取り仕切りたいところだったが、東界連合絡みの事案はかならず上層部から圧力がかかり、大々的に動くことが難しい。しかも年末年始は犯罪が多発するため、不確かなものに人員を割《さ》くことができないのだ。

有田が自身の痩せた顎《あご》を指で擦りながら確認する。

「日本中の航空無線と海上無線の傍受か？」

「日本全土で」

「無線仲間に協力を頼む必要が出てくるが」

「有田さんが信用している方ならかまいません」

フンと鼻を鳴らしつつも、有田の細い目には煌《きら》めきが宿りはじめていた。容易でないからこそ、マニアとしてやり甲斐があるのかもしれない。

「期間は？」

「一ヶ月、特に年内を重点的にお願いします」

「年末年始もあったもんじゃないな」

ブツブツ言う有田の肩を相澤が叩く。

「これが終わったら、また夜釣りに行きましょう」

「ああ、ブッコミ釣りで大物を狙《ねら》うか」

釣りの話で盛り上がるふたりを前に、鹿倉はいくらか羨《うらや》ましいような気持ちになる。

相澤は有田を始めとする飼っているライターたちと、こうして普通に飲みに行ったり、釣りに出かけたりすることができるのだ。

——俺とゼロはそうはなれない。

ゼロという存在自体を、社会から隠しておかなければならない。

不可侵城で仮面をつけたり、取材を装って別人になりきったり、あるいはたまたま隣り合わせた他人のふりをしなければ、外で傍《そば》にいることすら憚《はばか》られる。

——大っぴらに傍にいられなくても……俺は、あいつに信頼されたい。

遠野亮二《りょうじ》の捕獲は、自分自身のためであり、同時にゼロの信頼を勝ち得ることでもある。

警察という公的権力だけでなく、水面下のルートも駆使して戦えることをゼロに示すのだ。

ゼロと都下のクリニックで喧嘩別れしてから一週間、どちらからも連絡を取っていない。けれども自分たちがあの程度のことで切れてしまう関係でないことは、もうわかっている。互いを手放すには「手遅れ」なのだ。

『あの男のなかには穢れた因子が流れている。君と光の当たるところに立つことはない。結局は暗がりへと逃げ去って、君の前から姿を消す』

耳の奥に甦ってきた桐山の不快な預言を、鹿倉は酒を呷って掻き消した。

8

着信音を鳴らしつづけるスマホに手を伸ばす。

十二月二十五日午前二時半。鹿倉《かぐら》は有田《ありた》からの電話に出た。

「なにか拾えましたか？」

尋ねると、有田がボソボソとした声で告げた。

『一時間以内に、調布《ちょうふ》飛行場に緊急整備で外来機がはいることになった。ガルフストリームG650ERだ』

鹿倉はベッドから身体を跳ね起こした。一気に目が覚める。

「ガルフストリーム　G650ER…」

それは李《り》アズハルが所有しているプライベートジェットのひとつと一致していた。

『調布飛行場は有視界飛行方式のみ許可していて夜間の離着陸は禁止されてる。羽田《はねだ》まで行かずにわざわざ調布を指定するのは明らかにおかしい』

いくら緊急整備のためとはいえ、本来ならあり得ないことだ。

鹿倉はリビングへと足早に向かい、コートに腕を通す。いつでも対応できるように、寝るときはコートと靴《くつ》だけ身に着ければ家を飛び出せるようにしていたのだ。必要なものはコートのポケットに入れてある。

「情報ありがとうございます。いまから調布飛行場に向かいます」

『相澤《あいざわ》さんには俺から連絡を入れておく』

「助かります」

鹿倉はマンションの地下駐車場に降りるとバイクに跨《また》がった。ここから調布飛行場まで三十分もあれば着く。

——しかし、まさかこんな近場を狙うとはな……。

空路にしろ海路にしろ、地方からこっそり入国する方法を取るだろうと踏んでいたのだ。むしろ調布飛行場はあり得ないだろうと除外していたぐらいだった。

真夜中の高速道路を、重たい尻を振りながら我が物顔で走る大型トラックの横をすり抜けて、鹿倉はバイクを飛ばしていく。内偵用に買ってあった中古バイクは馬力が出ず、気ばかり急《せ》く。

幾度も空を見上げ、飛行機のナブライトを探した。

調布ＩＣで降りて飛行場に隣接する公園の入り口にバイクを置く。

管制塔には光が灯っている。外来機を迎えるために待機しているのだろう。

航空管制官に見つからないようにゲートをよじ登って敷地に侵入する。

本来なら許可されていない夜間の着陸を受け入れるということは、この飛行場は李アズハルに取りこまれていると考えるべきだ。……それこそ不可侵城《ふかしんじょう》の招待カードを餌《えさ》にすれば、都営空港を従わせることなど容易だろう。

それならば、非合法に侵入するしかない。

警察が動いているのがわかれば、プライベートジェットは着陸を回避し、遠野《とおの》を捕らえそこねることになる。

格納庫のほうへと敷地を進んでいく。飛行場は大きな公園と隣接していることもあり、地上が暗いぶんだけ広々とした空に星がくっきりと見えた。

北斗七星が冴え冴えと浮かんでいる。

目を眇めて、死兆星《しちょうせい》——アルコルの淡い光を見つける。

あれはゼロの星だ。

「微《かす》かなもの、忘れられたもの、拒絶されたもの……」

口のなかで呟くと、胸が締めつけられ、自然と想いが湧き上がってくる。

――守りたい……守らせてもらえる者に、なりたい。

そのためにも遠野という共通の敵を捕らえ、ゼロの信頼に足る人間であることを示すのだ。

格納庫に辿り着き、その陰に身をひそめていると、空にナブライトが小さく現れた。

「あれか」

それに意識を集中したときだった。

ふいに身体が前方に吹き飛んだ。身体が地面をゴロゴロと転がる。まるで背中を激しく打ちつけたかのように息が詰まっていた。膝をついて噎《む》せながら立ち上がろうとすると、足がブンと飛んできた。それを避けて身体を横転させる。

すぐ横にある格納庫のシャッターの下が、少し開いていた。

ふたたび足蹴りが飛んでくる。鹿倉は格納庫のなかへとスライディングをしてそれを躱《かわ》した。

次の瞬間、格納庫の照明が点けられ、視界がパッと明るくなる。

シャッターの下部から這いずるようにして男がはいってくる。その男はしなやかな身体で、猫が伸びをするような仕種をしてから立ち上がった。紫色のタートルネックに革のスラックス、黒いダウンコートを前を閉めずに羽織っている。

狂気を孕《はら》んだ笑みがその女性的な顔に浮かんでいる。

「……煉条《れんじょう》」

鹿倉は素早く視線を巡らせた。格納庫には二機のセスナ機とヘリコプターが収納されていて死角が多いが、人が隠れている気配はない。おそらく相手は、煉条と照明を操作した者だけだろう。

——煉条がここにいるってことは当たりだったわけか。

遠野が帰国するとなれば、第一の狂信者である煉条が出迎えて当然だ。

有田が相澤に連絡を入れて、相澤のほうも予定どおり警察を動員してくれるはずだが、すでにプライベートジェットはすぐそこまで来ている。このままでは遠野にまんまと逃げられかねない。

——……ここから出て、遠野捕獲に動かないと。

しかし煉条の狂戦士のごとき戦いぶりは地下闘技場で幾度も目にしている。とうてい自分が敵《かな》う相手ではない。隙をついてシャッターの隙間から外に出るしかない。

煉条がメリケンサックを嵌めた右手を高々と上げて、手首をくるくると回した。

すると照明がフッと薄暗くなる。

「試合開始ぃ」

頓狂《とんきょう》な声が格納庫に響く。

鹿倉はシャッターのほうへと走ろうとしたが、まるでゴールを守るかのように煉条が素早く反応して飛びかかってきた。いったん煉条を奥へ誘導することにする。

セスナ機へと駆け寄ってその陰に隠れると、上方からダンダンダンと足音が聞こえてきた。セスナの向こう側から翼に飛び乗った煉条が、機上から一気に接近してくる。こちら側の翼まで来て、跳躍《ちょうやく》した。飛び蹴りで頭部を狙われた鹿倉は、上体を右斜めに大きく反らしながら腕で頭をガードする。煉条が空中で足の角度を変えて鹿倉の左肩を蹴り飛ばした。その衝撃で身体がギュンッと回転するものの、なんとか踏みこたえる。

煉条は盛大に床に身体を打ちつけたが、その口から漏れたのは呻きではなく弾けるような哄《こう》笑《しょう》だった。

その哄笑が鹿倉の神経を一瞬、麻痺《まひ》させた。我に返ってシャッターへと走る。哄笑が追ってくる。シャッターの隙間へと飛びこもうとする鹿倉に、煉条がタックルをかけた。

抱きつかれたまま仰向けに身体を転がされる。

下腹部に煉条が跨るかたちで座る。

薄明かりのなか、性別の定かでない美しく淫《みだ》らな者に乗られ、鹿倉の身体の芯は妖《あや》しく疼く。

……地下闘技場で煉条と対峙《たいじ》した者たちもこのような感覚に襲われていたのだろうか。

すぐ近くのシャッターが細かな音をたてて振動しはじめる。

轟音《ごうおん》と風圧が格納庫に流れこんでくる。

おそらくプライベートジェットが滑走路《かっそうろ》にはいったのだ。

もうタイムリミットだ。

煉条の手が喉にかかり、締めつけてくる。

鹿倉はコートのポケットに手を入れると、フォールディングナイフを握り出し、柄の突起を指で弾きながら振った。刃が飛び出して固定される。

圧倒的な戦闘力がある相手にナイフを使うのは諸刃《もろは》の剣だ。奪われる可能性が高く、しかも相手を過剰に刺激することになる。

しかし、遠野がもうすぐそこまで来ているのだ。

――なにがなんでも捕獲してやる！

素早くナイフを繰り出して煉条の二の腕を切りつける。しかし煉条は嗤《わら》い声《ごえ》をあげると、さらに強く鹿倉の首を絞めてきた。

「う…ぐ」

気道を潰されて目の前がチカチカしだす。

ふたたび鹿倉は右手を上げた。闇雲にそれを煉条へと振る。わずかな手応えしかない。

――失敗した…っ。

「ぁぁあああああ」

ふいに煉条が絶叫して、鹿倉のうえから跳ねるようにどいた。

煉条の異変に反応したのだろう。照明がパッと明るくなり、「どうした、煉条っ⁉」と連れの男が慌てて声をかける。

鹿倉は噎せながら煉条を見た。

そのタートルネックの首元はざっくりと切れていた。

――あれは……蜥蜴《とかげ》、か？

煉条のいつも隠されている首筋の左側に、蜥蜴が這っていたのだ。

それは見覚えのあるものだった。

――遠野亮二《りょうじ》と同じ……。

遠野の左首にもまったく同じ蜥蜴のタトゥーが彫られていたのだ。煉条は遠野の狂信者であるから真似をしてもおかしくはないが。

首の蜥蜴に触れた煉条が、手についた血を見て、再度絶叫した。

そして炎を噴くような目で鹿倉を睨む。

「殺す」

ゆらりと立ち上がりながら、目から涙を噴き零《こぼ》す。

「煉条はお前を殺す」

どこか舌足らずな呂律でそう呟いたかと思うと、煉条が身を屈《かが》めて突進してきた。腹部に膝を落とされそうになって、鹿倉は身体を反対側に転がして跳ね起きる。

床を蹴った煉条の身体が弾丸のように飛んでくる。今度は除《よ》けきれず、鹿倉は喉元に頭突きを喰らう。体勢を崩した腹部に膝を立てつづけに叩きこまれた。

内臓が破裂するかと思うほどの衝撃に意識が揺らぐ。

がくりと膝をついた鹿倉は、そのままシャッターのほうへと這いずった。煉条にかまけている暇《ひま》などないのだ。しかし足首を摑まれて引きずり戻される。

「煉条、手を貸すか？」

もう一人の男が駆け寄ってきて尋ねると、煉条が鹿倉の背に跨って悲鳴のような声で怒鳴った。

「邪魔するなっ！」

そして今度は細い涙声になる。

「こいつは煉条の蜥蜴を傷つけた。このままグチャグチャに破壊する」

「そうか。じゃあ、もうシャッターは閉めておくぞ」

鹿倉は髪を摑まれ、仰《の》け反《ぞ》らされる。肋骨《ろっこつ》のあたりが焼かれているように熱い。

「お前を解体してやる」

その言葉に重ねて、煉条がメリケンサックを嵌めた拳を鹿倉の後頭部に叩きこんだ。

頭のなかがスパークして意識が飛びそうになる。

「う…ぐ」

また後頭部で衝撃が炸裂《さくれつ》する。

死が頭をよぎるなか、鹿倉の身体はもうほとんど無意識にシャッターのほうへと向かおうとしていた。逃げるためではない。

――遠野を捕まえる……ゼロの信頼を手に入れる。

そのために震える手を伸ばして、床を引っ掻く。

煉条が耳元で甘ったるく囁きかける。

「もう死んでよ」

いたぶるためのものとは違う渾身《こんしん》の一撃が振り下ろされる。

頭部を破壊される恐怖のなか、鹿倉の霞《かす》んだ目にシャッターの隙間から突入してくる人影が映った。

その黒ずくめの男が四足獣のように床を蹴る。

鹿倉の背中に跨っていた煉条の身体が弾き飛ばされて、離れた床にダンッと打ちつけられた。

煉条が立ち上がる隙を与えずに、獣そのものの男が襲いかかる。煉条に下から蹴り上げられても退かず、ガツガツと拳を叩きこんでいく。

ぐらつく身体をなんとか起こそうとしている鹿倉の腕が、横から支えられた。

「あーあ。ヒートアップしすぎ」

アッシュグレーの髪の少年――ハイイロがピアスをした唇に半笑いを浮かべる。

次第に目の焦点が合ってきて、煉条を容赦ない力で殴りつづけるゼロの姿を鹿倉は見る。その表情には狂おしい憤りと冷徹さとが入り混じっていた。

少し離れたところでは、煉条のツレがリキに制圧されていた。

鹿倉はハイイロの手を振り払うと、シャッターの下から外に這い出た。冷たい夜風が消毒液のように傷に沁みる。

滑走路を見回す。

そこに機体はなかった。

その代わり、ロングコートを長軀にまとったひとりの男が滑走路に佇《たたず》んでいた。空を見上げていた男が、こちらを見る。

鹿倉はよろつきながら滑走路にはいり、桐山俊伍《きりやましゅんご》を睨みつけた。

「どういう……ことだ？」

夜闇よりも黒い桐山の眸が、傷ついた鹿倉を観察する。

「死ななかったのか」

「――」

格納庫で起こっていたことを、桐山はすべて承知していたわけだ。

鹿倉はあたりを見回し、呟く。

「どうして警察が動いてない……」

「組対《そたい》の相澤刑事なら、昨夜ちょっとした事故に遭って入院中だ」

「…………」

全身が凍りつくような感覚に鹿倉は襲われる。

――この男は……なにもかも把握してる。

『桐山は、ヒ・コクミンだ』

ゼロの言葉の本質が、いまようやく理解されていた。

『ヒ・コクミンのやり方はヒ・コクミンにしか読めない。お前には無理だ』

ヒ・コクミンを敵に回して戦うとは、こういうことなのだ。

彼らには柵のなかのコクミンの動きなど、手に取るようにわかるのだ。

桐山が止めを刺してくる。

「こちらは囮《おとり》として充分に機能してくれた」

「……囮、だと？」

囮に引っかかっているあいだに、遠野はまんまと入国を果たしたのだ。

後頭部の傷をガツンと殴られたかのような痛みに襲われて、鹿倉は呻きながら地に両膝をついて俯いた。

これではまるで桐山に跪《ひざまず》いているかのようだ。

視界の端で、格納庫のシャッターが少し上げられた。のろりとそちらを見ると、ゼロとハイイロとリキが出てきた。リキは左右の肩に煉条とその連れの男をかかえ上げている。

ゼロが立ち止まる。

すぐ近くに立つ桐山が、ゆっくりと強く息を吐いた。

遠い距離から、ゼロと桐山が互いの姿を眸に捉えあう。

鹿倉はそこに黒い火花が散っているのを感じ取る。

静かで烈《はげ》しい邂逅《かいこう》ののち、ゼロが鹿倉へと視線を向けた。なんの言葉も仕種もなかったが、来いと言われているのがわかった。

萎《な》えていた足腰に力がはいり、立ち上がることができた。

ふらつきながらゼロへと歩きだす。

「ご苦労さま、鹿倉刑事」

背中にかけられた皮肉に、はらわたが煮えくり返った。

9

ゼロはカタワレに鹿倉《かぐら》をクリニックに連れて行くように告げると、自身はリキとともに車に乗りこみ、煉条《れんじょう》とそのツレを連行していった。

バイクはハイイロに回収してもらい、鹿倉は都下のクリニックに運ばれた。前にゼロが入院していたところだ。

そこの地下で治療を受け、後頭部の傷をステープラーで何ヶ所も止められた。煉条との格闘で身体中に打撲痕《だぼくこん》ができていて、肋骨は二本折れていた。

念入りに精密検査までされ、病院を出るころには夜が明けていた。

地下駐車場を通って外に出るとき三本脚の犬が唸りながら走ってきた。顔に痣《あざ》のある警備員が飛んできて、その首輪を摑んで押さえこむ。口がきけない彼は申し訳なさそうに何度も頭を下げた。

鹿倉はしゃがみこんで、唸っている犬に言った。

「しっかり異物の匂いを嗅ぎ分けてる。お前は優秀だな」

大通りでタクシーを拾って自宅マンションに向かう。

タクシーのなかでスマホを確認すると、有田《ありた》からメッセージが届いていた。彼は連絡が取れない相澤《あいざわ》をあれから捜したそうで、すでに居場所を突き止めていた。轢《ひ》き逃《に》げをされて病院に搬送《はんそう》され、脚を骨折して入院しているという。命に別状はないという報告に安堵《あんど》しつつも、自分が巻きこんだせいで相澤に重傷を負わせてしまったことを鹿倉は悔《く》いた。

自宅にいったん戻ってから着替えて警視庁に行き、土曜早朝から出勤していた組対《そたい》二課課長の滝崎《たきざき》に、遠野亮二《とおのりょうじ》が入国を果たした可能性があることを報告した。

鹿倉はそのまま遠野手配の仕事に取りかかろうとしたが、よほど酷い顔色をしているらしく、滝崎にとっとと家に帰って寝ろと言い渡された。

仕方なく帰宅してベッドに倒れこむと意識が遠退き、目を覚ましたときには午後四時を回っていた。

それから相澤の見舞いに行くと、先客の有田がいて、ふたりは相変わらず釣り談義で盛り上がっていた。

「相澤さん、本当に申し訳ありませんでした」

深く頭を下げると、相澤が逆に謝り返してきた。

「俺のほうこそ注意不足で足を引っ張った。悪かったな」

そして声をひそめて訊いてきた。

「あいつは、どうなったんだ?」

「入国したと思われます」

「そうか……なら、今度は盛大に投網漁《とあみりょう》だな」

いつものようにさっぱりとした相澤に、見舞いに来た身で逆にいくらか気持ちを明るくしてもらって、鹿倉は病院をあとにした。

駅に向かう途中、夕暮れのなかケーキ屋の前でクリスマスケーキの半額セールをやっていた。

なんとはなしにそれを買って、鹿倉はスマホでメッセージを送った。

『桜1225/20』

中目黒《なかめぐろ》のマンションでビールを飲んでいるうちに眠気に襲われて、ソファに座ったまま知らぬうちに眠りこんでいた。

腕時計を確かめると、二十時四十七分だった。

「来ない、か」

ゼロのほうは煉条たちの扱いや、入国した遠野をいかにして捕まえるかの算段で、手いっぱいなのだろう。

いま自分たちが会って、緊急に話し合わなければならないことなどない。

それをわかっていながら呼び出しメッセージを送ったのだ。

「ケーキの仕返しをし損ねたか」

言い訳するように呟いて、鹿倉はローテーブルの箱からホールケーキを取り出した。

苺とホイップクリームで縁取りされたなかにサンタクロースとトナカイの砂糖菓子が置かれていて、“Merry Christmas”と書かれたチョコレートプレートが添えてある。

絵に描いたようなありきたりなクリスマスケーキだ。

フォークを取りにキッチンに行ったところで、玄関の鍵が開けられる音がした。廊下に出て玄関を覗くと、ドアが開いて黒革のロングコートを羽織ったゼロが現れた。

不機嫌を煮詰めたような顔つきだ。

その場に立ったまま「なんの用だ?」と訊いてくる。

『俺の邪魔をするな。お前の尻ぬぐいまでする余裕はない』

病室でそう言っておきながら、鹿倉に尾行をつけて、結局は尻ぬぐいをしに駆けつけてくれたわけだ。そうでなければ、あのタイミングで格納庫に現れて、煉条にあそこまでの攻撃を加えることはできなかったはずだ。

あの時、ゼロが現れなければ自分は確実に煉条に殺《や》られていた。

鹿倉は命の恩人に、フォークを見せた。

「誕生日の仕返しをさせろ」

ゼロが険しい表情のままアンクルブーツを脱いで部屋に上がる。コートは脱がずにラグに片膝を立てて座り、手を差し出してきた。その手にフォークを置いてやる。

「半額セールのクリスマスケーキだ。完食しろよ」

するとゼロが横目で見上げてきた。

「半額セールのか?」

「文句があるのか?」

「……いや」

ゼロの表情に綻《ほころ》びが生じる。それを隠すように鹿倉に背を向けて、ゼロがケーキにじかにフォークを突き刺した。甘い塊《かたまり》を大きく抉《えぐ》って、黙々と食べていく。

見ているだけで胸焼けがしてきて、どんな顔で食べているのか見てやろうと、鹿倉はソファからラグへと座りなおした。

「――」

ゼロの鼻先と目の縁は紅《あか》くなっていた。眉はゆるく歪められていて、目には薄っすらと涙が滲んでいる。

胸を衝《つ》かれる表情だった。

黙りこんで見詰めていると、ゼロがこちらをちらと見て眉根を寄せた、

「いつも二十五日の夜に、売れ残りのクリスマスケーキを誕生日ケーキだって食わされてた」

「今日が誕生日なのか？」

「さあな」

ゼロの横顔に、苦さと懐かしさが入り混じったものが浮かぶ。

「俺は『王子様』がくれたクリスマスプレゼントだから、とか抜かしてたな」

ゼロの母親は死刑囚の娘だった。彼女は「王子様」の子を身籠《みごも》ったが、罪深い血を引く自分がその男の足を引っ張ってはいけないと考えて、ひそかにゼロを産んだのだという。そして、ゼロは無戸籍児となった。

……彼女にとってゼロは、確かにその男からの贈り物であったのだろう。息子のなかにその男の因子を見つけて、幸福を覚えていたのだろう。

でもそれは、息子自身を見ていないということだったのではないだろうか?

もし息子自身を見ていたなら、戸籍を与え、陽の光が当たる人生を送らせようとしたはずだ。

その想いを、鹿倉はビールで飲みこむ。

他人がどんな指摘をしようとも、子供は母親がくれる誕生日ケーキに幸せを噛み締める。

いま自分がゼロと同じように鼻先と目の縁を紅くしているのがわかって、鹿倉は顔をそむける。

すると今度はゼロのほうが顔を覗きこんできた。

目が合う。

気まずさによく似ていて、でも違うものがこみ上げてくる。

ゼロが大きく首を傾《かし》げた。半開きの唇には生クリームがついている。

それがなんだか子供の仕種のようで、幼いゼロの姿がそこに重なる。……初めて鮮明に、子供のゼロを思い浮かべることができていた。

唇が重なって、甘さのある強烈な痺れが、後頭部の傷に響く。

このキスは、いったいなんのキスなのだろう?

心の置きどころがわからない惑乱に鹿倉を置き去りにしたまま、ゼロがまたケーキを食べだす。

サンタクロースとトナカイの砂糖菓子とチョコレートプレートまですべて平らげてから、ゼ

ロがコートを脱いだ。そして言ってくる。

「泊まっていけ」

今夜、ゼロをひとりにしたくないのか、自分がひとりになりたくないのか、よくわからないまま、鹿倉は曖昧《あいまい》に頷いた。


先にシャワーを浴びてベッドに行き、後頭部の傷と右肋骨が痛まないようにうつ伏せに近いかたちでベッドに横になる。あちこちからジワジワとした熱っぽい痛みが拡がり、身体がマットレスに沈んでいくような感覚を鹿倉は覚える。

瞼が重くて、意識も沈殿するように遠退いた。

「ん…ぁ…」

甘みのある掠れた声で目を覚ます。

「ぁ——う、ぅ」

自分の口から出ている声だと気づいて口を掌で押さえる。けれどもくぐもった声がどうしても漏れてしまう。

「…、っ」

身体がぴくん…ぴくんと跳ねる。

腰がとっぷりと甘い疼きに沈み、ぐすぐずになっていた。どうなっているのかと、鹿倉は開ききらない目で背後を見る。そして眠りについたままの姿勢で、スウェットパンツと下着を腿の途中まで下ろされて臀部が剝き出しになっていることに気づく。

その臀部の狭間にゼロが顔を埋めていた。

暗がりのなかで、ゼロの蒼みを帯びた白目が光を溜めている。

舌を挿《さ》しこまれている粘膜がヒクヒクする。

おそらくかなり長い時間、この行為をされていたのだろう。会陰部は唾液でぐっしょり濡れそぼり、内腿まで濡れている。

手をうしろに伸ばして額を押す。舌が抜ける感触に腰が震える。

「ヤるなら、起こせ」

眠っている状態で快楽を引き出されていたことに腹立ちと羞恥を覚えて文句をつけると、ゼロが背中から身を寄せてきた。

「寝てていいぞ」

「寝てられるわけがな――」

腿のあいだにペニスを差しこまれ、腿を外側から押さえられた。ゼロがゆるく腰を遣いはじめる。

「怪我に響かないようにする」

気遣っているつもりなのだろうが、自然と腹部に力が籠もってしまい、肋骨が悲鳴をあげる。

それに一方的にいいように使われる行為は妙に屈辱的で——会陰部にゴツゴツした幹を擦りつけられるのが、まるで焦らされているかのようでもどかしい。熱い吐息が口から漏れる。

「……だから、ヤるならヤれ…っ」

怪我の痛みよりも、さっきまで舌を挿れられていたところの爛《ただ》れるような疼きがつらくなっていた。

「今日は無理はさせない」

殴り飛ばしてやりたくなって拳を固めた鹿倉の尻を、ゼロが両手で摑み、揉みしだく。指で狭間を開かれ、そこに左右の親指をぐりっと入れられた。

「あ…」

指で孔を拡げられながら会陰部をゆるゆると擦られて、鹿倉の拳はほどけてシーツを握り締める。

シーツにくにくにと擦りつけられているペニスが、壊れたように先走りを漏らしつづけているのがわかった。

まどろこしい昂《たか》ぶりに頭が霞《かす》む。

「は——あ…ぁ…」

呼吸に喘《あえ》ぎ声が混ざる。

いつものゼロとの、相手を負かそうと競い合うようなセックスとはまったく違う行為だった。

摑みどころのない快楽に、絶頂へと向かうでもなく揺られている。

焼けるような痛みとゆるやかな昂ぶりとが混ざって意識が溶けかけたとき、ふいに脚のあいだからペニスを抜かれた。

ゼロが甘い呻き声を漏らしながら、尾骶骨《びていこつ》のあたりにどろりとした粘液をかけていく。後孔から指が外され、小さく口を開いてわなないているそこに精液が垂れて絡みつく。

「陣也《じんや》」

項《うなじ》に唇を押しつけられる。その唇の熱さに肌が粟立ち、頭の芯まで震えた。

ふたたびゼロが身体を添わせてくる。

緩みかけたペニスを、手を使って後孔に押しこまれた。

粘膜がそれを受け入れ、自然に包みこむ。

ゼロはただ身体を繋げただけで動かずに、うしろから抱きついてきた。

互いの呼吸までも静かに結合している部分から感じ取れる。

鹿倉は閉じていた目を開き、淡く瞬きをした。

……これはいったい、なんと呼ぶべき行為で、自分たちはどんな関係なのだろうか？

わからないまま、胸に回されているゼロの腕を摑む。

——なんでもいい……。

暗がりのなかでいまはただ、互いのことだけを感じていようと思う。

10

「海外からの緊急搬送を装ったってことですか？」

警視庁本庁の小会議室、長机に腰を預けた滝崎《たきざき》組対《そたい》二課課長が頷く。

「ああ、ドクターヘリのジェット機版でな。ご丁寧に老人に偽装したうえ人工呼吸器までつけてたそうだ。医師や看護師でガードを固めて、受け入れ先の福岡《ふくおか》の病院に着く前に姿をくらました」

滝崎の前に立っている鹿倉《かぐら》は握った拳を震わせた。

自分が陽動作戦に引っかかって調布《ちょうふ》飛行場に行っているあいだに、遠野亮二《とおのりょうじ》は重症患者のふりをして、まんまと国内に滑りこんでいた。

『ご苦労さま、鹿倉刑事』

桐山《きりやま》の揶揄《やゆ》が耳の奥に甦《よみがえ》る。

「裏ルートからコソコソ帰国するかと思いきや堂々と盛大に戻ってきやがった」

ただでさえ堅気《かたぎ》に見えない凄みのある五十代後半の滝崎が、ドスの利《き》いた声で吐き捨てるように言う。

遠野は、警察の威信に正面から大きな傷を入れた。

東界《とうかい》連合の面々に対して、警察など敵のうちにはいらないと力技で証明してみせたわけだ。

そして実際、遠野の帰国を境にぴたりと東界連合内の抗争は止まった。遠野が国外に逃げたと反発していた派閥《はばつ》を圧伏《あっぷく》することに成功したのだろう。

遠野にとって国境など意味をなさない。その気になればいつでも帰国して、東界連合を守ることができる。

しかも国外逃亡したことにより、世界を股《また》にかけるカジノ王、李《リ》アズハルとのパイプを太くしたのだ。

不可侵城《ふかしんじょう》は匿名性を売りにしているものの、李アズハルには番人経由で招待カードの所有者情報が上がっていると考えられる。

彼は不可侵城のオーナーとして、日本の表と裏の上層部の首根っこをも摑んでいるわけだ。

いや、不可侵城は世界にいくつもあるとされているから、世界の首根っこに手をかけていると言うべきか。

さらに李アズハルは各国の特殊部隊からスカウトしたエリート軍人から成《な》る私設軍隊を有しており、戦闘機や大量破壊兵器を買い集めている。紛争地帯に大金と引き換えに私設軍隊を傭兵として送りこみ、血なまぐさい戦場で鍛錬《たんれん》を積ませているのだ。国防の観点からも敵に回したくない相手だ。

その李アズハルが後ろ盾《だて》になったということは、遠野亮二という男には決して認めたくないものの、人の心を強烈に捉《とら》えるなにかがあるのだろう。

——……だから、春佳《はるか》姉《ね》ぇも犠牲になった。

両親を亡くして心が弱ってしまった若い娘を惑わせて堕落《だらく》させることなど、造作もなかったに違いない。

仇敵《きゅうてき》が肥え太っていくのを阻止できなかったことに、鹿倉は忸怩《じくじ》たる思いに苛《さいな》まれ、それをなんとか取り返そうと寝る間も惜しんで職務と遠野の炙《あぶ》り出《だ》しとに奔走《ほんそう》した。


一月なかば、中目黒《なかめぐろ》のマンションの七階にある部屋にはいるなり、ソファに座るゼロに「荒《すさ》んだ顔してんな」と指摘された。

「そっちもな」

言い返しながらコートも脱がずにソファにドッと腰を落とし、ゼロの飲みさしの缶ビールを奪って呷《あお》る。

「煉条《れんじょう》はいまもお前のところにいるんだな？」

尋ねると、ゼロが頷く。

「ああ。狂暴でふてぶてしくて扱いにくいけどな。煉条のほうはともかく、ツレのほうはわりと口を割ってくれて東界連合の内情が具体的にわかってきた」

「ツレのほうも幹部なのか？」

「準幹部ってところだな。ただ煉条の世話係らしいから、ディープなところまで把握《はあく》してる」

まんまと囮《おとり》にされたものの、煉条とツレを捕らえられたのは大きな収穫だったわけだ。

「警察《うち》では遠野の行方を追ってるが、うまくいってない。どうだ？　煉条を使って遠野をおびき出すことはできそうか？」

「煉条の居場所のフェイク情報を流してみてるんだが、いまのところ反応なしだ」

「そうか……」

煉条は遠野亮二の一番の狂信者であり、遠野もまた煉条に特別な信頼を置いているらしいが、相手はあの遠野だ。

いざとなれば煉条のこともあっさり切り捨てるのではないだろうか。

それでいながら煉条の自分への忠誠心は買っていて、煉条が重要な情報は決して漏らさないとわかってもいるのだろう。

左首の蜥蜴《とかげ》のタトゥーを傷つけられて怒り狂った煉条の姿が脳裏に浮かぶ。

――あんな男のために……煉条も、春佳姉ぇも。

苦々しい思いを噛み締めていると、スマホが振動する音がした。

ゼロがディスプレイを確かめて、ベランダに出ていく。わざわざ窓を閉めてから電話に出た。

明るい室内が窓ガラスに反射して、向こう側にいるゼロの黒い後ろ姿はなかば夜闇に融《と》け、その存在を危うくする。

『結局は暗がりへと逃げ去って、君の前から姿を消す』

寝不足の心臓がゴトゴトと嫌な音をたてた。

自分でも意識しないままに鹿倉はソファから立ち上がり、窓へと近づく。自分の影で窓が暗くなり、視界が通った。ゼロの姿がはっきりと見えて安堵の息をつく。

――でも、俺たちの関係はこのまんまなんだな……。

安全で温かい室内にいるコクミンと、刺すような真冬の夜の風に打たれているヒ・コクミン。すぐそこにいながら、自分たちの五感が感知しているものはまるで違う。

もどかしいような苦しいような気持ちがこみ上げてきて、目のあたりが重たくなる。

電話を終えたゼロが振り返ってギョッとした顔をした。窓を開け、からかうように言ってくる。

「なんだ、盗み聞きか？」

「……」

軽口を返しそこなって眉根《まゆね》を寄せて視線を横に逸《そ》らすと、ゼロが窓の縁《ふち》に手をかけたままじっと見下ろしてきた。冷たい風がほろ苦い男の香りを孕《はら》んで鹿倉の顔を撫でる。

期待したのだと思う。

そしてゼロは期待に応《こた》えてくれた。

外気に包まれながら味わう唇と舌は、それだけで胸がいっぱいになるぐらい熱くて力強い。

手探りをするようにゼロの背中に手を這《は》わせると、そのあやふやさを押し流す強さで、ゼロがきつく抱き締めてきた。まだ完治していない肋骨《ろっこつ》が痛んで息が詰まる。けれどもそんな痛みなどどうでもよくなるほどの安堵感が身体の底から溢れてきた。

自分はここにいて、ゼロもここにいる。

不快な預言に気持ちを揺らされるのは無意味なことだと感じられる。

——……たかがキスで、俺はなんなんだ。

いとも簡単に懐柔《かいじゅう》されていることに自嘲《じちょう》しながら、鹿倉は厚みのある男の舌を強く舐め返す。

そうするとゼロもいっそう、舌の動きを浅ましくした。

いつものマウント合戦に突入しながらゼロが窓を閉める。鹿倉もまたカーテンを摑んで閉める。

ふいにゼロが舌の力を緩《ゆる》めて口蓋《こうがい》をやわやわと舐めてきた。こそばゆさに限りなく近い快楽に、鹿倉の舌はわななく。

「ん…」

甘く喉が鳴ってしまい、ゼロが勝利の笑いに身を震わせる。

それが気に障《さわ》り、同時に煽《あお》られた。鹿倉はゼロの腕の輪から抜けると床に両膝をついた。

「なんだ、もう立ってられないのか?」とからかってくるゼロのライダースパンツの前を開く。下着の前を下ろすと、キスだけで半勃《はんだ》ちになっているものが溢れ出た。

それに口を押しつけながら、ふと煉条のことが頭をよぎる。桐山に同行して不可侵城に行ったとき、三度、煉条が桐山に奉仕するのを見せつけられた。手指が自然とそのマネをして、両の親指で裏筋を挟んで育てる動きをする。コリコリとした芯がみるみるうちに通っていくのにゾクリとする。

くっきりとした段差をくすぐるようになぞれば、幹に筋が浮きたっていく。その筋に舌先を這わせ、横から咥えて甘噛みする。

ゼロが腿に力を籠めて、足を踏みなおす。

指先を吸いつくようにペニスに這わせながら、上目遣いで尋ね返してやる。

「なんだ、もう立ってられないのか?」

ゼロが胡乱《うろん》な目つきで見下ろしてきた。

「いつもと違わねぇか?」

質問を無視して、鹿倉は大きく口を開いた。張った亀頭を含む。そのまま煉条がそうしたように、喉奥のさらに奥まで含んでみる。窒息しそうな苦しさに口腔《こうこう》が震える。被虐心《ひぎゃくしん》と闘争心が同時に湧き上がってきて、目の裏がチカチカしだす。

「…っ」

防衛本能が働いたのか、無意識のうちにゼロのペニスに嚙みついてしまっていた。

奥歯を指でこじ開けられてペニスを喉の奥から引き抜かれる。

「うぐ」

激しくえずいていると、ゼロがファスナーを引き上げて片膝をついた。

険《けわ》しい視線を向けられる。

「どこで覚えてきた？」

濁《にご》った声で詰問《きつもん》される。

「桐山に躾《しつ》けられたのか？　お前が九段下《くだんした》に行って、そのまま消えたことが何度かあったと報告を受けた」

違うと答えるだけではとうてい納得してくれないだろう。

それにいまとなっては下手《へた》に隠さずに共有すべき情報だ。

「情報収集のために桐山に同伴して不可侵城に何度か行った。そこで煉条が桐山にフェラをしてた。遠野が桐山の接待を煉条に命じてるらしい」

「あの煉条が桐山にか？」

にわかには信じられない様子でゼロが呟く。

「俺はそれを隣で見てた。それで煉条のやり方が移ったんだろう」

「移るぐらいガン見したわけか」

首からうえだけなら美女で通用する煉条のフェラチオなど、男なら誰でも見入ってしまうに違いない。

「お前もあそこにいたら絶対にガン見してた」

開き直る鹿倉に呆れた顔をしてみせてから、ゼロが正面から首をグッと摑んできた。文字どおり締め上げられる。

「桐山とは関わるなと言ってきたはずだ。忘れたとは言わせねぇぞ」

「桐山はSSランクの招待カードを俺に貸して、自由にさせる」

ゼロの顔が剣呑《けんのん》とした色を深めていくが、怯《ひる》まずに続ける。

「お前が見せようとしない部分を見るために必要だったんだ。お前は俺に見せたがらない部分が多すぎる」

「だからそれはコクミンとヒ・コクミンじゃ――」

「コクミンとヒ・コクミンじゃ対等にやり合えない、か？　なら俺たちはどこまで行っても対等になれないのか？」

答えないゼロに苛立つ。

それが容易なことでないというのはすでに理解している。だが、どんな無理をしてでも対等を目指すことを自分は渇望《かつぼう》しているのだ。

「俺はお前に飼われて守られてるだけってわけだ？」

吐き捨てるように言って睨みつけると、ゼロもまた睨み返してきた。数分ものあいだそうして睨みあっていたが。

ふと、ゼロの目の力が緩んだ。同時に首を摑んでいる手の力も緩む。

そしてぼそりと言ってきた。

「さっきの電話な。東界連合の内通者の炙り出しの経過報告だった」

「……相変わらず、東界連合からの襲撃は続いてるんだな」

「ああ。しかも内通者捜しをしてる時点でエンウに細かい罅《ひび》がどんどんはいっていってる状態だ。正直、まいってる」

みずから弱みを晒すのは、対等であろうとする気持ちはあるということをゼロなりに示そうとしてくれているのか。

「俺のほうでも東界連合がどうやってエンウの情報を得ているのか探ってみる」

黒い眸《ひとみ》に揺らぐ懊悩《おうのう》を、鹿倉は捻《ね》じ伏《ふ》せる。

「打診じゃなく、決定してることを伝えてるだけだ」

見据えると、黒い眸から揺らぎが消えた。

「俺は受け入れるしかないわけか」

「そういうことだ」

ゼロが溜め息をついたが、そこに拒絶の色はなかった。

これまで数知れない苦難を乗り越えて、ゼロはエンウを育て上げてきたのだろう。けれども今回の内通者問題はそうとう厄介《やっかい》なもので、困窮《こんきゅう》しているのだ。

身に五つの銃弾を撃ちこまれても軽傷だとうそぶいた男が、その余裕をなくしている。

励ましてやりたいが、ゼロの信頼を勝ち得るだけの結果を出せていない自分がなにを言っても、浮いたものになる気がした。

「なぁ、陣也《じんや》」

黒々とした眸で目を深く覗きこんできながらゼロが問う。

「お前自身は桐山とはなにもなかったんだな?」

「……あるわけないだろう」

「そうか」

ゼロが安堵した表情を浮かべるのに、チリチリとした罪悪感を覚える。

それは桐山に胸を舐められたことに対してではなく、その時に一瞬とはいえ、身体の奥で火花が散る感覚を覚えてしまったことに対してだった。

11

遠野が帰国を果たしてから一ヶ月がたった。

「俺はやっぱり敏腕プロデューサーにはなれそうにない」

やさぐれた様子で相澤《あいざわ》がノートパソコンを閉じる。相澤のデスクに手をついて一緒にSNSのチェックをしていた鹿倉《かぐら》も溜め息をついた。

「東界《とうかい》連合に読まれてましたね。国民人海戦術作戦」

東界連合ネタはSNSでバズるという流れを作って、遠野亮二《とおのりょうじ》がひそかに入国を果たした場合、彼の目撃情報を国民によってネットに上げさせるという作戦を相澤は仕込んでいた。

そして、いざ遠野が帰国してみると、大量の画像つき目撃情報がネットに上げられた……大量すぎるうえに、目撃したとされる場所は北海道《はっかいどう》から沖縄《おきなわ》まで満遍《まんべん》なく分散していた。

要するに、東界連合内部に警察の工作の匂いを嗅《か》ぎつけた者がいて、攪乱《かくらん》作戦で応酬《おうしゅう》してきたわけだ。

「しっかし、東界連合のヤカラにまで見破られるとはなぁ。あいつら基本、頭脳戦は苦手だろ」

鹿倉は声を低めて返す。

「人材がよそから提供されてるのかもしれませんよ」

「よそって、李《リ》アズハルとかか?」

その可能性もあるが——桐山俊伍《きりやましゅんご》特捜部長が提供している人材の可能性もある。さすがにそれは相澤には教えられないことだったが。

相澤が頬杖をついて疲弊《ひへい》した顔でこちらを見上げる。

「李アズハルって、あの不可侵城《ふかしんじょう》のオーナーなんだろ?」

「そうらしいですね」

「あそこの内部の情報を取りたいとこだが、さすがに俺が飼ってる奴《ヤツ》らにも不可侵城の招待カードをもってるのはいねぇんだよな」

ぼそぼそとふたりで言葉を交わしていると、急に軽い声が真後ろから響いた。

「不可侵なんとかのカードって、なんですか?」

振り向くと、早苗《さなえ》がくりくりとした目を好奇心に煌《きら》めかせていた。

「お前にはまったく関係ない話だ」

不可侵城と早苗の組み合わせでは、裸に剝《む》かれてオークション会場で叩き売りされている図しか思い浮かばない。

「鹿倉さんには訊《き》いてません。師匠《ししょう》に訊いてるんです」

「師匠?」

「相澤さんは僕の師匠になったんです」

小鼻を膨《ふく》らませる早苗に、相澤が肩を竦《すく》める。

「こないだ飲みに連れてったら、師匠師匠言いだしたんだ。本当に厄介な絡み酒だった」

鹿倉は苦笑いして早苗を見る。

「組対《そたい》のことを一から教えてやった師匠は俺だろ？」

「ああ、鹿倉さんはコンビの相方ですから」

「お前と俺じゃ、カワウソと飼育員がいいとこだろ。あ、ラッコだったか。どっちでもいいが」

早苗が憤慨《ふんがい》した顔をする。話が逸れて、「不可侵なんとかのカード」のことは流れていった。

警察官でも不可侵城のことは存在すら知らない者も多くいる。

どうせ探ることすらままならない不可侵の城なのだ。それならば知らないほうが、あらゆる犯罪を野放しにしているという罪悪感をもたずにすんでいいだろう。

……不可侵城に出入りするようになって、従姉《いとこ》の春佳《はるか》の夢をよく見るようになった。

春佳が不可侵城にいる夢だ。

売人から殺人ドラッグを売りつけられる春佳。

乱交部屋に連れ去られる春佳。

売られる芸能人たちと同じように飾り窓のなかからこちらを見ている春佳。

そして、青年実業家風のなりをした遠野亮二と、キリークのＶＩＰルームの深紅《しんく》のソファに並んで座っている春佳。春佳は遠野に肩を抱かれてうっとりとしている。遠野が四白眼《しはくがん》でこちらを見て、にたりと笑う。春佳を取り戻そうと部屋に足を踏みこむと、歪んだ市松模様の床に一歩ごと足が沈んでいく。

そうして夢から吐き出されるようにして目を覚ます。

夢のなかですら春佳を助けることができない口惜《くや》しさに、拳でマットレスを殴りつける。

不可侵城で犯罪行為を目にするたびに、春佳を見殺しにしているかのような苦しさを覚えていた。実際、無数の春佳が存在していて、いまも底なし沼にずぶずぶと沈んでいっているのだ。

『SSランクのエリアに出入りしたいなら、俺が同伴する。だから桐山には近づくな』

その提案はゼロなりの最大限の譲歩だったに違いない。

しかし鹿倉は今夜も桐山とともに不可侵城へと向かっていた。

調布《ちょうふ》飛行場で失意に膝をつかされたことは、思い出すたびに煮え湯を飲まされた心地になる。だがあれは、桐山と遠野が帰国計画の詳細《しょうさい》まで共有するほど強固に結びつきつづけていると いう証明でもあった。

——きっと桐山は入国後の遠野の動向も把握してる。

わずかな情報でも得られる可能性があるならば、その芽を潰《つぶ》すわけにはいかない——という動機と同じほどの強さで、ゼロのルーツまで知っている桐山を監視しなければならないという焦燥感《しょうそうかん》にも似た思いがあった。

桐山はその気になれば、ゼロとエンウを陽のもとに引きずり出して冷徹《れいてつ》に裁き、潰すことができるのだ。

エンウは無戸籍児や食い物にされている外国人技能実習生などの救済をおこなっている。正規ルートからは見て見ぬふりをされる存在である。彼らにとって、エンウは正義だ。しかしその正義は、決して法に沿ったものではない。

ブローカーに大きな借金をして来日した者には、その借金を返済できるように不法滞在させて仕事を与えている。

無戸籍児として育った者たちは、エンウに辿《たど》り着《つ》く前にすでに犯罪の加害者にも被害者にもなっていることが多い。そうやってなんとか生き延びてきたのだ。そして無法な暗部で生きることしか知らない者たちは、柵のなかの不自由さに反発を覚える。

エンウという存在が法治国家において正しいのか正しくないのかと問われれば、正しくはない。しかし必要か必要でないかと問われれば、鹿倉は必要だとしか答えようがない。

警察や国のやり方では救えない者たちを、エンウは救ってくれているのだ。

——桐山にエンウを壊させるわけにはいかない。ゼロを警察にもどこにも売らせるわけにはいかない。

「煉条《れんじょう》がいなくなって、地下闘技場も見る価値がなくなった」

十一階のキリークの個室で、スペイン料理のコースの終わり、とろりとしたバスク風チーズケーキとエスプレッソを口にしながら、桐山が退屈そうな声音でそう言ってきた。

黒山羊《くろやぎ》の仮面とこうして対面していても違和感を覚えなくなっていた。それが桐山の内面と深くリンクしていると感じるせいかもしれない。

ただ桐山の目に自分が生贄《いけにえ》の羊として映《うつ》っていることには慣れられなかった。

鹿倉は甘味と苦味が口のなかで入り混じるのに顔をしかめる。仮面越しにもその表情がわかるのか、桐山が喉をわずかに震わせた。そして鹿倉が確実に食いつくことを口にする。

「李アズハルも煉条に会えなくて残念がっていた」

「……李アズハルに会ったのか？」

答えない桐山を詰問する。

「李アズハルはいまも遠野を匿《かくま》ってるのか？」

苛立つ鹿倉を、桐山は食後のデザートとして愉《たの》しんでいる様子だ。

桐山の向こうに遠野亮二の姿が透けて見える。

どうして東界連合を売った桐山が、いまだに遠野と深く繋《つな》がっているのか。

それは、遠野にとっても東界連合を売ることにメリットがあったからに違いない。その仮説のもと、鹿倉はパズルのピースを掻き集めてきたのだが、それがようやく数日前にかたちとなった。

東界連合の内部抗争について、警察に集まった情報と、ゼロが煉条のツレから聞き出した情報とを照らし合わせた結果、去年夏に川崎港《かわさきこう》で捕まった東界連合のメンバーのほとんどが反遠野派であったことが判明したのだ。

桐山は、検察庁で東界連合に便宜《べんぎ》を図っていた反桐山派を一掃《いっそう》して特捜部長に就任した。

そして遠野は、東界連合の反遠野派の数を削《けず》りつつ、桐山に恩を売り、李アズハルと繋がって東界連合を国境を越えた犯罪組織に進化させる道筋を立てた。

東界連合は、遠野にとって蛹《さなぎ》だったのだ。

——蝶になる前になんとしてでも潰さないとならない。

悪寒と強い決意とに身震いすると、向かいの席の桐山が立ち上がりながら言ってきた。

「カジノで私に勝ったら教えてやろう」

「え？」

「李アズハルが遠野を匿っているのかを、だ」

「いまでも遠野と繋がってるのに売るのか？」

自分から話を振っておきながら、鹿倉は鼻白《はなじろ》む。

「売ったところで遠野が君に捕まらなければ、売らなかったのと同じことだ」

そもそも鹿倉に勝算がないことを見越しての提案なのだろう。

――でも万が一にも可能性があるなら……。

これまで桐山はミスリードして罠《わな》に嵌《は》めることはあれど、じかに嘘の情報を鹿倉に流したことはなかった。

彼特有の潔癖《けっぺき》さともいうべきものがあるのだ。

その点においてだけは、我ながら奇妙な話だと思うが、桐山を信用してすらいた。

椅子に背を預けてみぞおちで手を組み、顎《あご》を上げる。

「賭《か》けの条件を確認したい」

桐山が仮面の下から舐めるように鹿倉の全身を見た。

「君が負けた場合は、身体で払ってもらう」

その手の提案があるだろうと思ってはいたものの、実際に耳にすると強烈な悪寒を覚える。

しかし得られるかもしれないものの大きさを考えれば、退くわけにはいかない。

「煉条のようなマネを俺はしないし、させない」

「まぁ、いいだろう」

「さらに賭けのバランスを取る。そっちが負けたら、遠野の居場所を教えてもらう」

勝てた場合の条件は最大限に盛っておく。

さすがに桐山は即答しなかった。

「それではバランスが取れない」

「こっちは素人《しろうと》でハンデを負ってる」

しばし考える間があってから桐山がゆっくりと頷いた。

「ベッティング成立だ」


十一階からカジノがはいっている七階に移動した。

闇カジノはSランク以上か、それに紐《ひも》づけされたAランク以上の招待カード所持者に使用が制限されている。

薄暗い店内の壁際にはネオンカラーの光をチカチカと放つスロットマシンがずらりと並ぶ。その光や音には強制的にアドレナリンを放出させるものがあるようだった。

半階段を下りたフロアにあるルーレットやバカラのテーブルにはそれぞれスポットライトが当てられ、それを囲む客たちはまるで人工光に引き寄せられる夜の虫のようだ。

出入り口近くはバースペースになっていて、ボックス席やカウンター席には七福神の仮面をつけた者たちがそれぞれ離れて座っていた。

「あれは仮想通貨を貸す取引業者だ。法外なレートと手数料になるが」

カウンター席に座っている弁財天の仮面をつけた目を瞠るほどスタイルのいい女がこちらを見る。

「ここではひと晩で億を溶かす客も珍しくない」

その一億円は平均的な社会人にとっての一万円か、多くて十万円程度のものなのだろうが。

フィーバーに突入したスロットをしり目に、桐山について半階段を下りる。吸音材でも使われているのか、スロットの音が遠退く。

桐山はそのまま壁際のキャッシャーに行き、チップを手に戻ってきた。紫色のチップ十枚を手渡される。

「午前三時までにこれを増やしたほうの勝ちだ。なにで増やしてもかまわない」

「これでいくらなんだ？」

桐山がチップ一枚を摘まんで言う。

「これでおよそ日本円で百万だ」

要するに一千万円相当ということだ。チップが異様に重たく感じられる。

「それは私からのサービスチップだ。補塡《ほてん》を求めることはない」

「一千万をドブに捨ててもかまわないわけか」

「君を買うも同然だから捨てるわけではない」

桐山はまったく負ける気がないらしい。

しかし実際のところ、組対の仕事としてカジノの最低限の知識があるぐらいで、プレイしたことは一度もなかった。

桐山がダイスを使うテーブルゲームに興じるなか、鹿倉はルーレットのテーブルに行き、見物している者たちに混じって立ち見をし、プレイヤーたちの賭け方を観察した。それから椅子に座ってみずからプレイヤーとなってみる。

猫のマスクをつけた女性ディーラーが落ち着いた声で「プレイスユアベット」と告げる。チップを少額ずつ手堅くベッティングエリアに配置しているうちに、掛け声とともにボールが回転するウィールに投げこまれた。

最後に、黒の十と十一の数字跨《また》ぎでチップを置く。

「ノーモアベット」

藍色の煌《きら》めくネイルをほどこされた指がベッティングエリアのうえを薙《な》ぎ、賭けの締め切りを示す。

試し打ちだと思っても自然と身体に力がはいる。

ボールが吸いこまれるように赤の九に落ちる。落胆《らくたん》した瞬間、ボールが跳ねて十にはいった。十と十一に跨いで賭けたのは正解だった。

その後の戦果は大きく増やすことも減らすこともなく、初心者としてはまずまずといったところだったが、桐山のほうを見てみるとすでに彼の前にはチップの山ができていた。自分がどれほど無謀《むぼう》な賭けに出てしまったかを思い知らされ、焦りがこみ上げる。

焦りがギャンブルの天敵であることに気づいたのは、さらにブラックジャックとミニバカラのテーブルを回ってチップを大幅に減らしたころだった。時計を確かめると、すでに午前一時を大きく回っていた。

とにかく、いったんクールダウンしなければならない。

トイレに行って個室にはいろうとすると、後ろから背中を押された。黒一色のトイレの個室に一緒にはいってきた男は微笑と口髭顎鬚《くちひげあごひげ》が特徴的《とくちょうてき》なガイ・フォークス・マスクをつけていた。蝶《ちょう》ネクタイにカマーベストというディーラーのいでたちだ。

バカラのディーラーにこのマスクの男がいたことを鹿倉は思い出す。

「……どういう用件だ？」

圧をかけながら尋ねると、その男がマスクを少しずらして口許《くちもと》を見せた。下唇に嵌められたピアスに見覚えがあった。少年っぽい細身の体格も一致する。

「ハイイロ、か？」

ひそめた声で確認すると頷きが返ってきた。

腕を掴まれて蓋《ふた》が閉じたままの便座に座らされる。ハイイロが壁に手をついて腰を屈《かが》める。耳に口を寄せて小声で訊いてくる。

「桐山と来てんだよな？」

ゼロから事情を聞いているのだろう。誤魔化しても仕方がない。

「そうだ」

「ゼロに言いつけてやる」とふざけるように脅《おど》してから、ハイイロが続ける。

「かなりの額のチップもってるけど、どーしたんだよ？」

「桐山からもらった——賭けをもちかけられたんだ。俺が勝てば遠野の居場所がわかる」

驚いたようにガイ・フォークス・マスクが間近からこちらを見た。

マスクの目の部分から淡い灰色の眸が覗く。

「すげぇじゃん」

「勝機はほぼゼロだがな。残り二時間もない」

苦い声で返して、鹿倉はジャケットのポケットからチップを握り出して掌《てのひら》に載せた。

一千万円相当が、三百数十万まで減っている。

たった四時間ほどで六百万円以上を溶かしたわけだ。そのことにゾッとする。

「勝てば遠野の居場所がわかるんだよな？」

確認されて頷くと、ハイイロが自身の胸元を立てた親指で示した。

「残り時間は俺の台に張りつけよ。裏技を使いまくって勝たせてやっから」

そう言うと、ハイイロはいくつかの合図のバリエーションを教えてきた。

「裏技ってのはイカサマのことだろ？　大丈夫なのか？」

発覚すればそれこそハイイロの命が危ないのではないかと、個室から出る前に尋ねると、ハイイロが片手を軽く振った。人差し指と中指のあいだに、初めからそこにあったかのようにジョーカーのカードが挟《はさ》まれている。

「天才ディーラー様の神業を拝ませてやんよ」


「ノーモアベット」

掠《かす》れ気味の声でハイイロが宣言する。そしてカードを鮮やかな手つきで切って客の目を楽しませてから配る。

プレイヤーエリアとバンカーエリアに二枚ずつ配り、その二枚を合計した数の下一桁《けた》が九に近いほうが勝ちとなる。プレイヤーの客以外も賭けに参加できる方式だ。

「プレイヤーエイト、バンカーエイト、エイトエイトタイ」

追加のカードが引かれることなくタイで終わる。タイの場合は賭けたチップはそのまま払い戻しになるのだが——鹿倉はハイイロの合図どおりにタイに賭けた自分のチップを見詰める。

タイの配当は八倍だ。

ハイイロの采配《さいはい》は見事なものだった。

鹿倉が勝ちつづけて悪目立ちしないように、適度に負けさせる。それでいて高配当に大きく賭けさせるため、確実に手許《てもと》のチップは増えていた。

しかもどうやらハイイロは桐山のチップの量も遠目に把握《はあく》して、調整してくれているようだった。

――見事な「天才ディーラー様」ぶりだな。

客をうまく煽《あお》って賭けのバランスを取り、見惚《みと》れる手捌《てさば》きで流れるようにカードを扱いながら「裏技」を仕込む。そして同時に鹿倉に的確な合図を送り、かつ桐山にまで目を光らせているのだ。ワンゲーム二分ほどのなか、それを高速で繰り返していく。

これまで複数のナイフをジャグリングよろしく扱うハイイロの姿は目にしてきたが、ディーラーこそが彼の本領なのだろう。

午前三時まで残り三十分を切ったところで、桐山が隣の椅子に座った。

「ずいぶんと調子がいいようだ」

鹿倉の前には、いくつものチップの柱が出来ていた。

桐山がゲームに参加し、ハイイロと鹿倉を仮面の下からじっと観察しだす。桐山ならば合図をすぐに読み解いてしまうのではないか。

「裏技」が発覚すれば、ハイイロまで巻きこむことになってしまう。背中に嫌な汗が流れる。

ハイイロも危機感をもったようで、合図を送ってくる回数を減らして、「裏技」を控《ひか》えた。

合図がないときには大きく賭けずにやり過ごしたものの、そうしているうちにも桐山のチップは順調に増えていく。

桐山のチップはいまや鹿倉のそれよりも明らかに多い。

禁物だとわかっているのに、焦りが嵩《かさ》んでいく。

桐山から遠野亮二の居場所を聞き出せる千載一遇《せんざいいちぐう》のチャンスを逃すしかないのか……。

残り五分になったときだった。

ハイイロが合図を送ってきた。鹿倉は一瞬、躊躇《ためら》いを覚えたが、もう伸《の》るか反《そ》るかしかない崖《がけ》っぷちだ。

プレイヤーになり、すべてのチップをタイに賭けた。

桐山は少額をベットすると、ハイイロを注視した。

タイにすべてを賭けるように指示したということは、ハイイロはかならず「裏技」を使う。

しかしこの桐山からの圧のなかで、それを敢行《かんこう》することができるのか？

鹿倉の心臓はゴトゴトと音をたて、チリチリする項《うなじ》に細く汗が伝う。

「ノーモアベット」

ハイイロの声もかすかに緊張を帯びている。

しかしその手の動きはあくまで滑らかで、カード捌きが鈍《にぶ》ることはない。カードが配られる。

バンカー側が二と五で七、プレイヤー側が二と三で五だ。「裏技」に失敗したのだ。目の前が暗くなる。

「バンカーセブン、プレイヤーファイブ、スタンディングセブン」

バンカー側が七のときは、プレイヤー側にのみもう一枚カードが配られるルールであることを鹿倉は思い出す。

プレイヤー側の二と三のカードの横に、新たにカードが配られる。

「バンカーセブン、プレイヤーセブン、タイ」

全身から力が抜けそうになった。

鹿倉の前に八倍になったチップが戻される。

「もう時間だ。勝負はついたな」

そう言いながら、午前二時五十九分、横の席から桐山が立ち上がった。


カジノのある七階から紫色のエレベーターに乗った桐山は、地下一階のボタンを押した。十一階のキリークの部屋に戻って遠野の情報を教えてもらうつもりでいた鹿倉は、声を険しくした。

「賭けを忘れたふりをするつもりか？」

「適切な場所に移動するだけだ」

城の主に深く関わる情報を、城のなかで漏らすのは適切ではないという配慮《はいりょ》らしい。

地下駐車場に行くと黒塗《くろぬ》りの車が目の前で停まる。スーツ姿の運転手がドアを開き、桐山に促されて鹿倉は先に後部座席に乗りこんだ。

ほどなくして車がタワーマンションの地下駐車場に着く。

桐山の部屋は当たり前のように最上階にあった。

広々とした玄関にはいると、鹿倉は靴を脱がないまま詰問した。

「話はここで聞く。遠野はどこにいる？　李アズハルにいまも匿われてるのか？」

しかし桐山はそれには答えずに靴を脱いで黒いスリッパを履《は》くと、ご丁寧に鹿倉用に紺色のスリッパを出してから廊下の奥へと消えた。

部屋に上がらないわけにはいかないらしい。

鹿倉は舌打ちすると桐山のあとを追って、廊下の突き当たりにある薄青い曇りガラスが嵌められたドアを抜けた。

空間がパッと開けて、外に出たかのような解放感を覚える。吹き抜けの天井近くまで嵌められたガラス窓には午前三時半の夜景が広がっていた。見下ろす高速道路には脈打つように車のライトが流れている。

部屋はメゾネット形式で、広々としたリビングの壁に沿って階段がある。

桐山がアイランドキッチンを回りこんで、冷蔵庫からミネラルウォーターの瓶《びん》を二本取り出す。

一本手渡されてから、まったく水分を取らずに賭博に集中していたため、ひどく喉が渇《かわ》いていることに鹿倉は気づく。

開封して呷っているうちに、桐山が階段をのぼりだした。

「待て、質問に答えろ」

そう声をかけながら鹿倉も階段をのぼる。広がる夜景のせいで、まるで外階段をのぼっているかのように腹に薄ら寒さを覚えた。

二階の奥の部屋に桐山がはいっていく。鹿倉も部屋に踏みこみ、思わず棒立ちになった。

そこはキングサイズのベッドが置かれた寝室だった。

搾られたダウンライトの薄い光のなか、桐山がジャケットを脱いでいる。

状況が飲みこめない。

「君はぜんぶ脱げ」

ジャケットを椅子の背にかけながら桐山が当たり前のように言う。

「……賭けに勝ったのは、俺だ」

もしかすると桐山はハイイロの「裏技」を見抜いて、賭けは不成立となり、こちらに不正のペナルティを科《か》そうとしているのだろうか。そう危ぶんだが、しかしあっさりと同意が返ってきた。

「確かに君が勝った。手段はどうあれ」

口ぶりからして不正には気づいたが、そこを糾弾《きゅうだん》する気はないらしい。

「それなら、遠野の居場所を教えろ」

「あとで教える」

「……なんのあとで、だ?」

桐山がベストは着たままでネクタイを緩める。

「私が君を味わったあとで、だ」

言葉だけで全身に鳥肌がたつ。鹿倉は嫌悪の表情をそのまま露《あら》わにした。

「要するに、教える気はないってことか」

賭けには負けたが、遠野の情報は渡したくない。だからこのようなかたちで追い払おうとしているのだろう。

桐山特有の潔癖さなどというものは存在しなかったわけだ。

「帰る。時間を無駄にした」

いくら喉から手が出るほど欲しい情報だからといって、桐山などの提案に食いついたのが間違いだった。

踵《きびす》を返した鹿倉の背に、桐山が声を投げる。

「情報は教える。ただそれとは別に、君はあの男を守るために私に従う」

「――」

鹿倉は拳を握って振り返る。

桐山はベッドの縁に座り、正面からこちらを見ていた。

その彫りの深い顔には、この後の展開を見通している者の余裕が満ちている。

胸を舐めるのを許した時点で、桐山は鹿倉のゼロに対する気持ちを見透かしたのだ。

ゼロをどこにも売らせないためならば、自分は身体を張る。そのことを鹿倉自身もあの時、桐山によってはっきりと自覚させられたのだった。

——賭けの結果がどうあれ、今日、俺を従わせることは決まってたわけだ。

ゼロのことをチラつかせて脅せばじかにこの展開に持ちこむことも可能だったのに、わざと自身にも不利になる可能性がある賭けを噛ませたのは、悪趣味な前戯《ぜんぎ》だったのか。

「その苛立った顔はなかなかいい」

この男はそういう性癖《せいへき》だ。

鹿倉は気持ちを捻《ね》じ伏《ふ》せて無表情に確認する。

「やることの条件は守ってもらう」

「どちらも性器は使わない。それでいいだろう」

意外にも桐山が譲歩を示す。

胸を舐められたときと同じだ。ただ耐えればいい。

鹿倉は桐山のほうに身体を向けたまま、コートを脱いで床に放ると、そのうえにジャケット、ネクタイ、ワイシャツ、インナー、スラックス、靴下、ボクサーブリーフを投げ重ねていった。

わずかでも躊躇いを見せれば桐山を喜ばせることになるから、ただ淡々と脱ぐ。

それでもあのカメレオンの舌のような視線を全裸に這わされると、背筋に悪寒が走った。

「ベッドに横になれ」

桐山が濃紺のカバーと毛布を捲《まく》って、黒いシーツを露出させる。

関節が強張《こわば》るのを感じながらベッドに仰向けになる。

いまはつけていないのに、桐山の顔に黒山羊の仮面が薄っすらと重なって見える。

桐山の目には、鹿倉の顔に羊の仮面が見えているのかもしれない。

生贄が祭壇《さいだん》に上げられる気持ちを追体験しながら、鹿倉は窓に広がる夜景を横目で見る。その夜景に薄く重なって、ベストとスラックスを身に着けたままの桐山が、ベッドの足許のほうから四肢《しし》をついて上がってくる。

ゼロが四足の肉食獣なら、桐山は四足の爬虫類《はちゅうるい》だ。

巨大なカメレオンが自分のうえに被《かぶ》さる。

防衛本能が発動して、全身の筋肉がすぐにでも攻撃に打って出ようと膨《ふく》らむ。完治したばかりの肋骨がかすかに痛む。

桐山の顔が自分の顔に重なろうとするのを窓ガラスのなかに見て、鹿倉はとっさに顔をそむけた。

「唇はあの男のために守りたいのか」

「したくないだけだ」

「キスごときに拘《こだわ》って、鹿倉刑事がここまで健気《けなげ》だとは」

湧き上がる苛立ちを、表面に出さないように押し殺す。

「どこまでその涼しい顔を保てるか試させてもらおう」

薄い舌がずぶりと左耳にはいってきて、狭《せま》い奥をちろちろと舐めだす。右耳をシーツに押しつけているせいで、頭のなかに湿ったなまなましい音が籠もる。

桐山の左手が右胸を這《は》う。乳首《ちくび》をきつく摘まみながら、舌が耳孔《じこう》の奥を突いては抜くを繰り返す。

悪寒が胸と耳から拡がり、背筋がどんどん冷たくなっていく。

耳から這い出た舌が首筋に流れる。そのまま左胸へと行きかけた舌が、しかし肩へと流れた。左肘《ひだりひじ》を摑まれて腕を上げさせられる。二の腕から手首までを舌先がぬるぬると行きつ戻りつしながら辿っていく。

「指を開け」

知らずに握り締めていた拳を鹿倉は開く。すると桐山は指の股まで辿って手の輪郭《りんかく》を舌でなぞった。それから指を一本ずつしゃぶり、付け根をきつく嚙んでいく。掌も余すところなく舐めまわされた。

唾液《だえき》が肌から沁みて骨まで浸《ひた》していくかのようで、耳と腕一本ですでにもう嫌悪感による頭痛が起こりはじめていた。

桐山の舌がくねりながら肩へと戻り、左胸を這う。胸を舐める桐山と目が合う。前に胸を舐められたとき、一瞬とはいえ火花が散るような感覚を覚えたが、今日はそれは起こらなかった。あの時はゾロマスクから覗く黒すぎる眸がゼロのそれと重なって見えたせいで、反応にエラーが起こったのだろう。

これならば持久戦で、ひたすら気持ち悪さに耐えるだけだ。

桐山はやはり奇妙な潔癖さでもって約束を守り、鹿倉のペニスには手でも口でも触れることなく、またみずからの性器を露出させることもなく、鹿倉を文字どおり味わっていった。仰向《あおむ》けの身体を舐めつくされたのち、今度はうつ伏せにされて、たっぷり時間をかけて項や背中を舐めまわされた。ふくらはぎから太腿《ふともも》の裏側にかけても濡らされていく。

全身に桐山の唾液の膜ができているかのようだ。

いますぐ頭からシャワーを被ってボディソープをボトル一本ぶん使い切って身体を洗いまくりたい。

吐き気をこらえながら窓のほうを見る。紫紺色の空には朝陽の気配が溶けだしている。すでに二時間近く、この行為をしていたらしい。

——そろそろ終わりだ。

今日は平日だから、鹿倉は当然のこと、桐山ももう少ししたら支度《したく》をして登庁《とうちょう》しなければならないはずだ。

尻たぶを甘噛みされながら腰を掴まれる。膝をたてるかたちで臀部《でんぶ》を上げさせられた。

下腹部から力なく垂れているペニスを見られる。

「反応していないのか」

「当たり前だ」

冷めた声で返す。ここまで桐山が悦《よろこ》びそうな反応や表情をいっさい封じることに成功していた。桐山としてはさぞや期待外れだったことだろう。

「もう充分味わっただろ——っ、……」

身体がビクンと跳ねて声が詰まった。

また身体が跳ねる——後孔の襞《ひだ》をほぐすように、薄い舌がねっとりと蠢《うごめ》く。

鹿倉は身体を前に逃がして桐山を睨みつけた。

「そこは——やめろ…っ」

「ここは君にとって性器なのか？」

提示した条件から逸脱《いつだつ》していないことを主張して、桐山がふたたびそこに舌を当ててくる。

鹿倉はシーツをきつく握り締めた。そうしてベッドサイドに置かれた時計を見る。

「帰って……支度を、する」

襞を音をたてて舐められながらそう告げると、桐山が「あと十分で終わる」と返してきた。

それなら耐えられると思った瞬間、襞を押し拡げて舌が侵入してきた。拒もうとする内壁を舐められる。

「……っ」

粘膜で桐山を感じるのは、叫びたくなるほどの生理的嫌悪を呼び起こすものだった。

しかしそれが桐山を悦ばせる反応でしかないことはわかっているから、懸命に奥歯を噛み締める。そうして時計を睨みつけた。

残り五分になったところで、身体を仰向けに返された。

すでに部屋には早朝の光がはいりこみ、互いの姿がはっきりと見えた。その状態で両膝の裏に手を差しこまれて、腿を大きく開いた姿勢で身体を丸めさせられる。肋骨が軋《きし》んで、息が苦しい。

ほとんど天井に向けて開いた脚の狭間《はざま》に、桐山が顔を伏せていく。

その舌を、襞が今度こそ固く拒む。

「全身全霊で拒絶していて最高だ」

そう囁いて——桐山が尖らせた薄い舌を捻《ね》じこんできた。

視覚でその行為を再認識すると、改めてあり得ないほどの屈辱感と憤りがこみ上げてくる。

……それなのに、身体の奥で火花が散った。

舌で犯しながらこちらを見下ろす男の目は朝陽のなかでも夜を思わせる黒さで、それがゼロに繋がってしまったのだろう。

激しい頭痛と吐き気をこらえるなか、陰茎に芯が通っていく。

なかの凝《こご》りを舌でくじられる。

――違う……これはゼロじゃない……問違うな…っ。

そう懸命に自分の身体に言い聞かせるのに、粘膜が切なげにわななく。

「う…ぁ……」

唇がめくれて、かすかな声を漏らす。

薄紫色と青が入り混じる空を背景にして、鹿倉のペニスから透明な糸を縒《よ》りながら先走りが垂れていった。

12

中目黒《なかめぐろ》のマンションにはいり、ドアの前に立ってコートのポケットに手を突っこむ。

鍵《かぎ》を出してからひとつ深呼吸をして、開錠《かいじょう》したドアを開く。

「――」

上がり框《がまち》に立つゼロの姿が目に飛びこんできて、鹿倉《かぐら》は思わず手にしている鍵を落とした。

今朝、桐山《きりやま》とのあいだにあったことをゼロが知るはずがない。そうわかっているのに、ストラップをつけた鍵を拾う手指が強張る。

「はいれ」

わざわざ待っていたくせに淡白にそう言うと、ゼロはリビングへとはいっていった。

気持ちを落ち着けなおしてから奥に行くと、そこにはハイイロとカタワレとリキもいた。彼らがこの部屋にいるのを見るのは初めてで、これがいつものランデブーではなく、エンウの会議を兼ねているのだということが察せられた。鹿倉の背筋は自然と伸びる。

ラグに両脚を伸ばして後ろ手をついているハイイロが、下唇のピアスをいじりながら言ってくる。

「勝たせてやったんだから、あのキモい男からちゃんとネタ回収したんだろーな？」

ゼロと並んでソファに座りながら鹿倉は返す。

「回収できた。本当に助かった」

ハイイロから賭けの内容をすでに聞いていたらしいゼロが険しい顔つきで訊いてくる。

「それで、遠野《とおの》はどこにいるんだ？」

桐山は約束したとおり、行為のあとに答えを教えてきた。

吐き気がするほどの苦い思いのなかで、鹿倉はそれを受け取ったのだった。

「遠野は李《リ》アズハルに、不可侵城《ふかしんじょう》で匿われているそうだ」

福岡《ふくおか》空港から堂々と入国した遠野は、血眼になって捜す警察の目をかいくぐり、まんまと東《とう》京《きょう》のど真ん中の城に入城を果たしていたわけだ。

「警視庁《うえ》には報告したのか？」

尋ねるゼロに首を横に振ってみせる。

「報告しても潰されるだけだ」

同じ轍《てつ》を踏むつもりはない。

ハイイロの横で胡坐《あぐら》をかいているリキが眉間《みけん》に皺《しわ》を寄せて言う。

「それで正解だ。副総監も李アズハルに飼い馴らされてる」

「……日渡《ひわたり》副総監がか？」

鹿倉が目の色を変えると、ハイイロが大袈裟《おおげさ》に口をひん曲げた。

「ギャンブル狂で七福神の常連じゃん。あれ、そろそろ廃棄《はいき》されるって」

「廃棄？」

「事故死とかさ」

カウンターのスツールに腰かけてノートパソコンになにかを高速で打ちこみながらカタワレが補足する。

「警視総監になる可能性を買ってSランクの招待カードを譲渡したのに、ギャンブル依存症になったうえに城の秘密も深く知ってしまった。招待カードを取り上げて処分が妥当と、城の番人たちは判断するでしょう」

高ランクのカードを譲渡されるということは、同時に大きなリスクを背負うことを意味するのだ。

鹿倉は改めて確認する。

「番人たちが譲渡された招待カードの所有者を把握《はあく》しているのはともかく、エンウでも招待カード所有者を把握しているんだな？」

ハイイロがふざけたように言う。

「客の情報収集も兼ねて、俺たちは城に出稼《でかせ》ぎに行ってんの。ディーラー仕事も出来高制の日払いだから、俺みたいな天才ディーラー様は稼ぎ放題なわけ」

「『消えた客』のこともあるしな」

横でゼロがぼそりと言った。

「それは廃棄とは別件か？」

「ああ。消えた客の戸籍を東界連合《とうかい》が手に入れてるんだ」

「その戸籍を無戸籍の人間や外国人に与えてるってことか……」

リキが拳で自身の張った太腿を殴る。

「このところ頻度《ひんど》が跳ね上がってる。しかも最近はオーナー専用エリアに連れこまれてから姿を消すようになった。そのエリアのルートを使えるようになって効率が上がってんだろ」

「オーナー専用エリアっていうのは、どこにあるんだ？」

鹿倉の問いかけにカタワレがスツールから腰を上げ、ノートパソコンをローテーブルに置いた。その画面には建物の立体フロアマップが表示されている。

「これは――不可侵城だな」

鹿倉も自身の脚で調べた場所をフロアごとに図にしていたため、すぐにわかった。

カタワレが各階の奥のエリアを指で縦になぞる。

「パッと見ではわかりにくいですが、通路の突き当たりに扉があるんです。SSランクの招待カードにも反応しません。おそらくオーナーカードに紐づけしてある者しか通れないんでしょう。この奥にエレベーターがあるはずです」

キーボードにカタワレの長い指が走り、画面にリストが現れる。

「この三年で把握してるだけで七十二人の消えた客がいます」

「実際はその何十倍もいるだろう」

ゼロが苦々しい声で言う。

「Cランクの客がほとんどだ。不可侵城で東界連合の売人から薬を買って薬物中毒になって、最後には戸籍を担保にして借金をする」

「だが、Cランクとはいえ招待カードを入手できるなら富裕層の部類だろう。それなら失踪《しっそう》したら警察に届けが出るはずだし、戸籍も使いづらいだろう」

ハイイロがローテーブルに頬杖をついて鹿倉を上目遣いで見る。

「招待カードは番人からの譲渡もありなわけ。鴨《かも》チャンに『あなたが選ばれました〜お城にご招待します〜』ってやったら？」

「初めから金も戸籍も巻き上げるつもりで招待カードを渡してるってことか……」

「巻き上げるだけじゃねーよ。薬中《ヤクチュウ》にしてー、借金させてー、外見イケてるなら男でも女でも身体売らせてー、戸籍を奪ってー、最後には海外でスナッフビデオやら臓器やらで命まで換金されてフルコース」

不可侵城でならば、そのあらかたの過程を警察に見咎《みとが》められることなく遂行《すいこう》できるわけだ。

鹿倉はこめかみをきつく押さえる。

――春佳《はるか》姉《ね》ぇと……同じじゃないか。

あの頃はまだ不可侵城も存在しておらず、遠野は東界連合を起ち上げていなかった。しかしやっていたのは、いまと同じようなことだ。春佳の件は自殺というかたちで警察が介入することになったが、不可侵城のなかで完結するのならばそのリスクもない。

より確実に、安全に、システム化して搾取《さくしゅ》しきることができる。

項を大きな手に包まれる感触に、鹿倉は我に返る。

「お前は東界連合からコクミンを守りたい、俺たちは東界連合がコクミンから奪った戸籍でヒ・コクミンを支配するのを阻止《そし》したい。それには遠野を仕留めることだ。そうだろ」

ゼロの言葉に頷く。

それぞれに目的は違えど、解決のために必要なことはひとつなのだ。

ハイイロがノートパソコンを自分のほうに向けて、隣に座ったカタワレにせっつく。

「なぁ、フロアマップ」

「はいはい。ほら」

「遠野がいんの、地下三階と十三階、どっちだと思う?」

カタワレとリキに、ハイイロが尋ねる。

「地下闘技場の下には俺だったら住みたくねぇな」

「あー、確かに。遠野、うるせーってブチ切れそ」

リキの言葉にハイイロが薄ら笑いを浮かべる。

カタワレが片手でキーボードを打ちながら言う。

「地下三階も十三階もまったく様子がわからないので、まずはフロアマップを完成させるための下調べが必要です」

「十三階ならいっそビルダリングしちゃう?」

ハイイロの言葉にリキが反応する。

「あのボルダリングのビルバージョンのやつか?」

「それそれ」

「……真面目《まじめ》に考えてください」とカタワレに呆《あき》れたように言われて、ハイイロが「ジューナンに考えてください」と言い返す。それを流してカタワレがゼロと鹿倉に言う。

「オーナー専用エリアのエレベーターの使用は避けたいので、地下二階と十二階からそれぞれ階段を使ってアクセスすることになります。三十分ほどならセキュリティに細工できます」

遠野確保にエンウメンバーが動くことに心強さを覚えるものの、不安要素を鹿倉は思い出し、ゼロの耳に口を寄せて小声で尋ねた。

「内通者の目途《めど》はついたのか？」

エンウにいるらしい東界連合の内通者の炙り出しに、ゼロは神経をすり減らしていたのだ。

「いや、内通者はまだ特定できてない。だから絶対に信頼できるこのメンツだけで動く」

「四人だけでか？」

リキが鹿倉を指差す。

「あんたも入れて五人だろ」

絶対に信頼できる顔ぶれに、ゼロが自分を入れてくれているのだと、鹿倉はいまさらながらに気づかされる。この内輪の会議に参加を許されたというのは、そういうことなのだ。

驚きと嬉しさに、こらえても頬がわずかに緩んでしまう。

そんな鹿倉にハイイロが目くじらをたてる。

「いい気になんなよ、コクミンの分際で」

淡い眸が獲物を狙うハイエナよろしく鋭くなり、ゼロ以外の者を順繰りに睨む。

「裏切ったら、誰でもズタズタに刻んでやっからな」

カタワレが「はいはい」とさらりと返す。

リキはリキで「負ける気はねぇ」とハイイロに謎《なぞ》の闘志を見せる。

そんな仲間を眺めて、鹿倉の横でゼロが笑いに喉を鳴らす。

どうやらこんなやり取りが、彼らなりの緊張のほぐし方であるらしい。

不可侵城で李アズハルに匿われている遠野亮二を捕獲するのは、なにひとつ大袈裟でなく、命懸《が》けの仕事となるのだ。

——命懸けだからこそ、誰の命も落とさせないようにする。

そう固く胸に誓《ちか》い、鹿倉は自分の変化を知る。

ひとりで東界連合を潰そうとしていたころは、自分を囮《おとり》にして命の危険があることを日常的におこなっていた。そういう自覚はなかったが、どこかで命を粗末にしていたのかもしれない。

しかしいまは、ゼロやエンウの面々に対しても、自分自身に対しても、それをよしとすることはできない。

——生きてほしい。……俺も、生きたい。

ただ息をして寝て食べているのが「生きる」ということではない。

自分にとって大事な存在や価値観を守り、生き抜くのだ。

その土曜の夜中、鹿倉は予定どおりゼロとともに不可侵城へと向かっていた。セダン車の運転席からカタワレが説明する。

「午前二時から二時半のあいだだけ、ＳＳランクの招待カードで十二階の奥の扉にはいれるようにシステムをいじって、十三階のセキュリティにも妨害を入れます。あくまで今夜はエックスデイのためにマップを埋めるのが目的ですから深入りはしないでください」

隣に座るゼロが念を押してくる。

「奥の扉にはいるのは俺だけだ。お前はあくまで見張りに徹《てっ》しろ。いいな」

不満を隠さない声音で「わかってる」と鹿倉は返す。

「十二階のホールではパーティをしています。ドレスコードはセミフォーマル。ふたりとも大丈夫ですね?」

ルームミラー越しにカタワレがタキシードを着た鹿倉とゼロをちらと見る。

「……ふたりともよけいに柄《がら》が悪く見えますね」

「うるさい」とゼロが運転席のシートを後ろから軽く蹴る。

確かになまじ上品な服装をしているせいで、ゼロから漂《ただよ》うラフさが薄らぎ、闇に属する生き物特有の香りを増していた。

――人のことは言えないか。

出際に鏡で見た自分の姿を思い出して鹿倉は苦笑する。常より険が際立ち、早苗《さなえ》の言うところのインテリヤクザっぷりが上がっていた。

ゼロのほうも似たようなことを思っているのだろう。互いを見る視線がぶつかり、おどけるように目を眇《すが》めあう。

もうすぐ不可侵城につくというころ、ゼロのスマホに電話がかかってきた。それに出たゼロが急に上体を前傾させて声を荒らげた。

「…っ、わかった。病院に搬送《はんそう》しろ。こっちもすぐに向かう」

そして運転席のカタワレに命じる。

「沖田《おきた》クリニックに急行しろ」

「なにがあったんだ?」

報告を受け終えて電話を切ったゼロに問うと、据《す》わった目で睨まれた。

「煉条《れんじょう》が重傷を負った」

「煉条が? どういうことだ?」

「拘束袋《こうそくぶくろ》に入れて管理してたんだが、食事係の首に嚙みついたそうだ。嚙み千切られそうになって、とっさに撃ってしまったらしい」

その様子がありありと想像できた。あの煉条に攻撃されて冷静でいられる者はいないだろう。

「いま煉条に死んでもらうわけにはいかない。だが、あいつを監禁場所から出すのも危険だ。ひとまずクリニックに行って警備態勢を整える」

車を加速させながらカタワレが溜め息をつく。

「李アズハルがソウルの不可侵城に遠出していて、十二階の使用条件からしても今夜が理想的なんですが、仕方ありませんね」

都下の病院の地下駐車場にセダンが滑りこみ――ふいに急ブレーキがかけられた。

「いったい、なにが……」

動揺したカタワレが呟くのを聞きながら、鹿倉とゼロはそれぞれ左右のドアから駐車場へと飛び出した。

そこには七人の男が倒れていた。それぞれ酷《ひど》い傷を負っていて、白衣を着た医師と看護師三名が応急処置をおこなっているところだった。

四十路《よそじ》ぐらいの医師が、ゼロに告げる。

「急患が運ばれてくるというので地下で待っていたら、騒ぎが聞こえてきたんだ。様子を見に来たら、すでにこの状態だった」

腹部からの出血で意識朦朧《もうろう》となっている男が、ゼロに報告する。

「すみ……ません。煉条、を、奪われ、ました」

ゼロが床に片膝をついて励《はげ》ますように男の肩に手を置きながら訊く。

「東界連合か？」

「たぶん」

つらそうに呼吸をしながら続ける。

「ここ、の、警備員も――連れてかれ、ました」

「アオがか？」

顔の広範囲にケロイドがある、あの警備員のことだろう。彼は東界連合に海外に売り飛ばされそうになっていたところをエンウによって救出されたのだという。

七人の負傷者を地下の診療所に運ぶのを手伝ってから、カタワレが警備員室で地下駐車場の内部と隣接する道路の録画データを再生した。

それには東界連合の者とおぼしき二十人ほどの輩《やから》が、煉条を搬送してきた七人を襲撃し、煉条と警備員をワゴン車に乗せて走り去るところが映《うつ》っていた。

「このタイミングの襲撃は、内通者が連絡したとしか思えません」

カタワレの言葉にゼロが顔を歪《ゆが》める。

「……このワゴン車をなにをしてでも押さえる」

もし煉条だけ奪われたのなら追うことはしなかったのだろうが、仲間を連れ去られたのだ。

――いま俺がすべきことは……。

鹿倉は冷静に判断をくだし、それをゼロとカタワレに告げた。

「俺は不可侵城に行く」

ゼロに睨みつけられる。

「アオを取り返す。今日の侵入はなしだ」

「お前はそうしろ。俺が十三階に侵入する。この騒動は遠野にも報告がはいってるはずだ。それならむしろ、今夜はチャンスだ」

カタワレが同意を示す。

「確かに、今夜このタイミングで不可侵城でうちが動くとは遠野も思わないでしょう」

「――いや、だが」

頭ごなしに撥《は》ね退《の》けようとするゼロの肩を、鹿倉はきつく摑んだ。

「もたもたしてるうちに遠野がまた国外に飛ばないとも限らない」

懊悩するゼロに告白する。

「ゼロ、俺はお前のことを信頼してる。お前もいまだけでいい。俺のことを信頼してくれないか？」

「――――」

ゼロが深く息をついてから、自身の右手首に巻いていた機器を外して差し出してきた。

「SSランクの招待カードだ」

受け取るとき、ゼロからの信頼のぶんだけ、軽い機器がずしりと重たく感じられた。

ＧＰＳが搭載《とうさい》された、緊急時用のマイク機能つき小型イヤホンを鹿倉に渡しながらカタワレが言う。

「ハイイロとリキもすでに不可侵城にはいっています。万が一のときはイヤホンマイクをオンにしてください。状況次第では、ふたりを加勢させます」

一見するとイヤーカフスに見えるイヤホンマイクを耳に装着しながら鹿倉は確認する。

「オンにすると、城の警備員に探知される可能性があるんだな？」

「そう考えてください」

いつもどおり淡々としているが、運転席からこちらを見詰めるカタワレの顔は緊張感にいくらか強張っている。

外部の「コクミン」である鹿倉次第で、仲間が危険に晒《さら》されるかもしれないのだ。

「大丈夫だ。お前たちに迷惑はかけない」

そう告げると、しかしカタワレが瞬《まばた》きをして呆れたように溜め息をついた。

「だから、そういうところですよ。必要なときでも頼らないことこそ大迷惑なんです」

「……そうか」

もしかすると自分が思っている以上に、カタワレたちは鹿倉陣也《じんや》というコクミンを懐に入れてくれているのかもしれない。

コクミンとヒ・コクミンのあいだの柵へと、互いに歩み寄っているのが感じられた。

鹿倉はゾロマスクをつけてから、使用者が多いピエロの仮面をさらに被《かぶ》り、不可侵城の地下駐車場に降り立った。

駐車場を去るセダン車を横目で見送りながら、鹿倉はSSカードの特権を利用して、地下駐車場から紫色のエレベーターに乗った。左手首の腕時計を確認すると、午前一時四十五分だった。

あと十五分でフロア奥のオーナー専用エリアに侵入可能となる。

寄り道はせずに十二階へと直行することにした。

エレベーターを下りて扉を抜けた鹿倉は思わず棒立ちになった。

夜空、波打つオーロラ、オーロラのあいだをサメやクラゲが泳いでいる。

それらがやたらに天井が高い空間に映し出されたホログラムであると気づくまでに数秒を要した。仮面の下で半開きになってしまっていた口をきつく閉じて、実体のあるものへと意識を向ける。

Sランク以上の招待客と紐づけされていれば最下位のCランクでも参加できるパーティということで、フロアは客でごった返していた。人に紛《まぎ》れて行動するには打ってつけだ。

薬物と香が入り混じった甘い匂いが充満している。

女性の透き通る声が載った幻惑的な曲に合わせて客たちは軟体動物のようにゆらめきながら、誰彼構わずに身体を絡ませている。

奥に向けてフロアの端を進んでいくと、襟元《えりもと》にファーがついた白いノースリーブドレスを着た少女がぶつかってきた。顔のうえ半分が隠れる兎《うさぎ》の仮面を被っている。

「やぁだ、ごめん」

折れそうなほど細い腕がそのまま絡みついてくる。甘酸っぱい香りが汗ばんだ肌から匂い立つ。おそらく重度の覚醒剤《かくせいざい》中毒だ。

鹿倉の下腹部に指を這わせながら少女が囁く。

「死んじゃうぐらい強いのを奢《おご》ってくれたら、なんでもしてあげる」

薬と交換で身体を任せることが常態化しているのだ。

そのほっそりとした顎は、従姉の春佳を彷彿《ほうふつ》とさせた。夢のなかで何度繰り返しても春佳を救うことができない口惜しさが、現実へと染み出して胸を締めつける。少女をいますぐこの忌《い》まわしい城から連れ出して、逃がしてやりたい。

――……ダメだ。目的を見失うな。

まともに歩くのも難しくなっている少女を壁際の椅子に座らせて立ち去ろうとすると、タキシードの袖口《そでぐち》を細い指先で摘まれた。簡単に振りほどける強さだったけれども、だからこそ立ち去りがたく、鹿倉は隣の椅子に腰を下ろした。

少女が指で仮面の下の涙を拭《ぬぐ》ってから、虚《うつ》ろな視線をオーロラに向けた。泣きかけのような掠れきった声で話しかけてくる。

「この曲、知ってる?」

「いや……」

「北欧の歌手で、不眠症になったときに作った曲なんだって。あたしも眠りたくても全然寝れないから、これ聴いてるとなんか、わかるわかるってなる」

「いつから眠れてないんだ?」

少女がサメを目で追いながら答える。

「親の離婚から? どっちもあたしのこといらないって怒鳴りあって――小学生の娘の目の前でさぁ」

「――酷《ひど》いな」

苦い声で呟くと、少女が白兎の目のなかから鹿倉を見詰めた。

そして痩《や》せこけた頬を引き攣《つ》らせて微笑《ほほえ》んだ。

「最後がケチくさい男でガッカリ」

最後という言葉が引っかかったが、時計を見るとすでに二時になろうとしていた。もう猶予《ゆうよ》はない。鹿倉が立ち上がると、少女は今度は袖を離してくれた。

フロアの奥に行き、そこからバックヤードに抜ける廊下に出る。その廊下の突き当たりの壁に向けて、鹿倉は右手首の機器を翳《かざ》した。壁の一部が奥に引っこんで横にスライドする。

カタワレの仕事が効いているのだ。

オーナー専用エリアに足を踏みこんだ鹿倉は、なにを目にしているかを認識するより先に、背筋に強烈な寒気を覚えた。

奈落《ならく》のように暗い空間に浮かび上がっている、蒼褪《あおざ》めたなまめかしい肌、苦悶《くもん》の表情、慈悲深き存在、清らかな翼ある者。

ずらりと並ぶ巨大なそれらは宗教画だった。

ブラックライト印刷により、まるでステンドグラスででもあるかのように、闇のなかで鮮やかに発光し、そそり立っている。

壮麗かつ威圧的に迫ってくる宗教画は、人にみずからの汚濁《おだく》を内省《ないせい》させる。キリスト教に疎《うと》い鹿倉でも、原罪という概念《がいねん》を意識せずにはいられないほどに。

ここに引きずりこまれた「消えた客」たちはなおさら、堕落《だらく》していくしかなかったおのれの罪深さを突きつけられたのではないだろうか……。

——呑《の》みこまれるな。

異様な雰囲気に抗《あらが》いながら、鹿倉はマップを埋めるために視線をあたりに巡らせた。どうやら絵が途切れているところにエレベーターが二基あるらしい。

左手にはのぼりと下りの階段があり、その壁にも宗教画が連《つら》なっている。

背筋にざわめきを負ったまま、鹿倉は警護の者に用心しながら十三階への、長い階段をのぼっていく。

十三階の壁は、最後の審判をモチーフにした巨大な絵で埋め尽くされていた。天国と地獄《じごく》が同じ空間に収められているさまは、架空のものでありながら、どこか現世の映し鏡のようでもある。

この建物が忌み数である十三階建てであるのはおそらく意図したものなのだろう。

「……李アズハルは、神のつもりか？」

実際、そうなのかもしれない。

だからこそ不可侵城では東界連合だろうとエンウだろうと警察のお偉方《えらがた》だろうと、好きなように泳がせている。遠野亮二を匿っているのもある意味、神の気まぐれといった部分が大きいのではないだろうか。もし本気で遠野に肩入れして守ろうとしているのならば、彼に敵対する存在は出入り禁止にするはずだ。

それは桐山俊伍《しゅんご》のスタンスにも通じるものがある。

右往左往する人間のありさまを高みから俯瞰《ふかん》して、暇つぶしをしている。いざとなればどうとでもできるという絶対的な優位性があってのことだ。

「胸糞悪い」

吐き捨てるように呟いて気持ちを据えると、十三階の居室以外のエリアを見て回った。

ヘリポートのある屋上へと続く階段は、暗いうえに絵の一部がカード認証で開く作りになっているため、探すのに手間取った。

廊下の奥のほうには、ひとつずつ大きな箱を載せたカートが並んでいた。

警備員が十三階に常駐していないことを確認できたのは大きな収穫だった。李アズハルには精鋭の護衛がついているはずだが、彼が不在のときならば遠野を捕獲することは充分に可能だ。捕獲できた際はヘリコプターで屋上から連れ去るのが最適解だろう。

鹿倉はブラックライトに青白く発光している四角いドアを凝視《ぎょうし》する。異様な空間のなか、それは現実への非常口のような存在感だ。

おそらく遠野はいま、このドアの向こうにいる。

このまま踏みこんで捕らえてやりたい渇望《かつぼう》に身体が震えた。

しかしとうてい自分だけの力では遠野をこの城から連れ出すことはできず、ここで騒ぎを起こせばハイイロやリキやカタワレを巻きこむことになる。

──俺の身ひとつのことじゃない。

ゼロがそうするように、自分もまたエンウの者たちを守りたい。だからいまは退《ひ》くしかないのだ。自分にそう言い聞かせて、鹿倉はミッションを終えて十二階へと戻ろうとしたのだが──階段をのぼってくる靴音が聞こえてきた。

とっさに通路奥に走ってカートに載せられた箱の陰に身を隠す。そこで息をひそめていると、警備員のプレーンな仮面が現れた。ふたりの警備員のあいだにはドレスが浮かんでいる……白いノースリーブドレスを着た女が、両の腕を左右から摑まれて引きずられているのだ。

――まさか……。

すでに兎の仮面をつけていないため確証がもてないものの、十二階のフロアでぶつかってきた少女のドレスは、あのようなかたちをしていなかっただろうか。心臓が喉元までせり上がってくるのを覚えながら目を凝らす。

連行されている女が嗚咽を漏らしつつ、譫言《うわごと》のように繰り返す。

「ごめんな、さい……ごめんなさい――あたしが、悪かったから……許して」

その泣きかけのような掠れきった声は、確かにあの少女のものだった。

わずか数分とはいえ個人的に接触した相手が、いままさに「消えた客」になろうとしているのだ。

彼女はおそらく戸籍を担保に東界連合から借金をして薬物を入手してきたのだろう。

『死んじゃうぐらい強いのを奢ってくれたら、なんでもしてあげる』

『最後がケチくさい男でガッカリ』

今夜が最後であることを知っていて、そして最後にデスドラッグで命を落とすことに救いを見いだしていたのではなかったか。

――……、春佳も、死にたがっていたのかもしれない？

客の自殺に巻きこまれるかたちで春佳は命を終えたが、もしかすると薬物と売春を行き来する地獄の日々を終えることを、春佳自身も望んだのではなかったのか――。

これまで考えてもみなかったことが頭に浮かんできて、鹿倉はきつく唇を噛み締める。

たとえそうだったとしても、それで春佳が救われたとは絶対に思いたくなかった。弱っていた春佳はただ、少しでいいから楽になりたくて、遠野の手を取ってしまったのだ。その結果、身を堕《お》としていったことを自業自得とは思わないし、もし死が救いであるかのように思わされたのだとしたら、それは不当なことなのだ。

「や――やだぁぁぁ」

ふいに叫び声があがった。

鹿倉が隠れている箱の列。そのうちのひとつの箱に押しこめられそうになった少女は暴れて、警備員たちの手を振りほどくと、非常口を思わせる青白い扉へと走り寄り、両手を拳にしてそれをダンダンと叩いた。

「助けて、助けてっ」

少女が警備員たちに取り押さえられたとき、非常口のようなドアが横にスライドした。

鬼神の能面をつけた長軀《ちょうく》の男が現れる。Vネックのシャツが青白く光り、その左首に刻まれた蜥蜴の姿を照らしていた。

遠野だった。

鹿倉は全身総毛立つ。

「なんだ騒々しい」

「申し訳ありません。これは十三階で検品が必要と伺《うかが》ったのですが、箱詰めしようとしたら暴れまして」

もうひとりの警備員がいやらしさの滴《したた》る口調で言う。

「十七になったばっかりですよ。それはもうとっくり検品されたほうがいいでしょう」

「ああ、あの女か」

さして興味がないような声で返しながら、遠野がスラックスのベルトを外しだす。

「床に押さえつけろ」

パニック状態に陥《おちい》って暴れる少女を警備員がふたりがかりで床に引き倒す。遠野は少女の細い身体を跨ぐかたちで四肢をつくと、叫ぶ彼女の口に指を突っこんだ。

「舌を切られたいのか?」

「うう…」

口から抜いた手で今度は、捲れたドレスから覗く少女の華奢《きゃしゃ》な膝をむんずと摑む。

「ここを砕《くだ》いて歩けないようにしてやる。お前はこれから海外に売り飛ばされて、バラバラに刻まれて嬲《なぶ》り殺《ごろ》しにされる」

沖田クリニックで警備員をしているアオも、もしかすると遠野によって舌を切られ、足の骨を折られたのだろうか。

「ここはまだ地獄の入り口だ」

最後の審判の絵の一部ででもあるかのように、嗚咽《おえつ》を漏らす少女に、鬼そのものの男が覆《おお》い被《かぶ》さっていく。

鹿倉は目をきつく閉じて耳を掌で塞《ふさ》いだ。

自分は得た情報をもち帰らなければならない。ここで騒ぎを起こしてエンウを巻きこむわけにはいかない。それがゼロの信頼に応《こた》えることだ。

閉じた瞼《まぶた》の裏に春佳の顔が浮かぶ。いま犠牲になっているのは春佳ではない。少女を救っても春佳を救うことにはならない。災いの根源を断つためには遠野を捕らえて、東界連合をバラバラにする必要があるのだ。

「――……」

身体の芯から震えが拡がっていく。

閉じていなければならないのに目を開けてしまう。耳を塞いでいなければならないのに、手が勝手に拳を握る。

自分は所詮《しょせん》、生ぬるいコクミンにすぎないのだと思い知る。

『こらえ性がなくて、すぐに噛みつきたがるからな』

――本当にそのとおりだな、ゼロ。

胸で呟きながら、鹿倉はイヤホンマイクを外してスラックスのポケットに入れた。オンにさえしなければ、カタワレがハイイロやリキを応援に寄越すことはない。カタワレは頼らないことこそ迷惑だと言ってくれたが、これは自分が「生きる」ための行動なのだ。ここで見ぬふりをすれば、自分の一部は壊死《えし》してしまう。

鹿倉は脚に力を籠めると、箱の陰から弾丸のように跳んだ。

その勢いで少女のうえから男を弾き飛ばす。遠野の身体がゴロゴロと転がり、仮面が外れた。

鹿倉に飛びかかろうとする警備員たちに、だるそうに身体を起こした遠野が「待て。少し遊ばせろ」と命じる。

少女を背中に守りながら、鹿倉は遠野と視線をぶつけた。

四白眼《しはくがん》の白目がブラックライトに青白く光るさまは、鬼神面が外れてもなお、見る者の背筋を凍《い》てつかせるほど不気味で凶悪だ。

遠野の視線が少しズレる。鹿倉の後ろで、その視線を当てられているのだろう少女が恐怖に喘《あえ》ぐ。

金属の粉が擦《こす》れるような不快なざらつきのある声で、遠野が少女に命じた。

「その男の首を絞《し》めろ」

「え……?」

「そうしたらお前を地獄送りにするのはやめてやる。この城のなかで好きなドラッグを死ぬまでやらせてやる」

あたかもそれが慈悲であるかのような言いぶりに、鹿倉は強烈な憎悪を覚える。

「そんなのは、どっちだって地獄だっ」

鹿倉を無視して、遠野が刃物で突き刺すような恫喝《どうかつ》を少女に飛ばす。

「早く選べ！　俺は気が短い」

少女が呻き、その細い指を背後から鹿倉の首に回した。

簡単に振りきれるか細い力だったが、気道を圧《お》し潰《つぶ》されているかのように息が苦しい。

「もういいぞ。男のほうを箱に入れろ」

遠野が言うと、警備員たちが鹿倉に飛びかかり、両手首と両足首を結束《けっそく》バンドで縛《しば》った。そうして箱のなかへと押しこむ。

「女のほうは地下に連れて行って、好きな薬をやれ」

立ち上がらされた少女が、箱のなかの鹿倉を見下ろした。

「……助けてくれて、本当に、ありがと」

絞り出された掠れ声は震えていて、その目からは涙がだらだらと零《こぼ》れている。

彼女が感謝しているのは、遠野から身を挺《てい》して助けようとしたことに対してなのか、それとも薬物で終わりを迎えられるようになったことに対してなのか。

——どっちでも同じだ……俺は、助けられなかった……。

自分は結局、自分のために無為な動きを繰り返しているだけなのだ。

手を伸ばせば届く範囲にいる者すら、助けることができない。

箱の底が抜けて、どこまでも落下しているかのようだ。

ピエロの面を外され、ゾロマスクも外される。

顎をぐいと摑まれて顔を上げさせられた。

白目の部分が青白く光る四白眼が、見開かれ、顔にペンライトを当てられる。

「なんだ、お前だったのか」

まるで昔馴染みに会ったかのような、妙に親しげな声音だ。

「お前が俺に夢中すぎて、そろそろ可愛《かわい》くなってきた」

憎悪を籠めて睨みつけると、遠野が頭を撫でてきた。そして懐かしそうに語りだす。

「お前は大石《おおいし》春佳の従弟《いとこ》だったな。最後だから教えてやる。春佳は俺が初めての男だったんだ。

下手くそな料理を一生懸命作ってくれる可愛い女だった。俺はわりと気に入ってたんだ」

「……気に入ってたのに、薬漬《ヤクづ》けにして身体を売らせたのか」

濁った声で糾弾《きゅうだん》すると、遠野が驚いたように瞬《まばた》きをした。

「それが俺への愛の示し方だ」

この男はなにを言っているのか。

「おのれを捨てて身も心も削《けず》って初めて、俺に愛が伝わる。そう春佳にも言って、春佳も納得

した」

「そんなことがあるか…っ」

遠野が首を傾《かし》げる。

「定番だろ。神への愛を示すために息子を生贄にする男の絵が、ここにもあったはずだ」

「お前は神じゃない」

「俺に愛を示したい奴は、誰でもそうするって話だ」

美女のような面立《おもだ》ちの男が脳裏に浮かんだ。遠野と同じ蜥蜴のタトゥーを首に入れ、それを傷つけられたときは文字どおり発狂した。

「……煉条も、そうなのか？」

遠野の目が細められ、ぬめる。

「さっきあいつから帰還の連絡があった。そうだ、お前は煉条の餌《えさ》にしてやろう。ずいぶん荒ぶってたから、ズタズタにされるだろうな」

そう言うと、遠野は「こいつを例の倉庫に出荷しとけ」と警備員に命じた。

鹿倉は口にガムテープを貼られ、抵抗したものの首筋に注射を打たれた。おそらく睡眠薬のたぐいだったのだろう。箱の蓋《ふた》が閉められて視界が真っ暗になると、意識がどんどん小さくなっていって、消えた。

口にピリピリとした痛みを覚えて、重い瞼《まぶた》を上げる。

まだ薬が効いているのか、頭の底のほうがグラグラしていた。どうやら誰かが口のガムテープを剝がしてくれているらしい。

ここは狭《せま》い箱のなかではなく、鹿倉の身体は横倒しになっていた。

瞬きを繰り返して目の焦点を合わせる。八畳ほどの細長い空間で、天井にはライトがついている。

──コンテナ、か？

口のガムテープが完全に剝がれて、呼吸が一気に楽になる。

剝がしてくれた相手も結束バンドで後ろ手に縛られていた。警備員の制服を着ていて──こちらを覗きこんできた顔には大きなケロイドがあった。

鹿倉は上体を起こして、改めて相手を確かめ、安堵の息をついた。

「よかった。無事だったんだな」

彼は煉条とともに東界連合に連れ去られた、沖田クリニックの地下駐車場の警備員だった。

「確か、名前はアオだったか？」

そう尋ねると、青年は鹿倉の前に正座して、躊躇うような間ののち首を横に振った。

「すまない、違ったか」

思い出そうとするが、やはりゼロたちは彼のことをアオと言っていた気がする。聞き間違いをしたのだろうかと考えていると、青年が口を動かした。

「ア・オ・ウ」

真剣な面持ちで懸命に口を動かして、もう一度発声する。

「ア・オ・ウ」

「アオウ……」

鹿倉もその口の動きを真似してみて、ハッとする。

短い舌のせいで子音が欠けているのではないだろうか。

青年が今度はもっと長い音を口にした。

「アウイ・アオウ」

その音がなにか記憶を刺激した。それがなんだったのか思い出そうとしながら、その音を口でなぞる。

「アウイアオウ——アウイ……」

ふと、小学校の卒業アルバムの、面長《おもなが》な少年の顔が頭をよぎった。将来は動物園で獣医になりたいという夢をもっていた少年。

「はぁすぅみぃ・さぁとぉるぅ」

ひとつずつ母音を明確に発音してみて、鹿倉は身を震わせた。

「蓮見敏《はすみさとる》、なのか?」

　すると青年が目から涙を零した。

　こうして改めてよく見てみると、成長しているぶんだけわかりにくいが、長めの鼻筋など卒業アルバムで見た小学生の蓮見敏と重なるものがある。

　驚きと同時に、疑問が浮かんできた。

　どうして彼は蓮見敏であると、東界連合によって海外に売り飛ばされそうになっているところを救出してくれたエンウの者たちに教えなかったのだろうか?

　発声はできないにしても筆談で伝えることはできたはずだ。

　――あえて身元を隠したってことか?　なんのために?

　遠野亮二の四白眼が頭にちらつく。

「……その顔の痕《あと》と足は、遠野亮二にやられたのか?」

　遠野の名前を耳にしたとたん、アオこと蓮見敏はガタガタと震えだした。その様子から、自然と解が導き出される。

　鹿倉は思わず声を荒らげた。

「お前が、東界連合に情報を流してたのかっ」

　沖田クリニックの地下エリアは、エンウ専用となっている。地下に誰を通すかのチェックは警備員であるアオの仕事だった。要するに彼は、エンウのメンバーに精通していたわけだ。その情報を流したことにより、東界連合はエンウのメンバーを特定して襲撃することが可能となった。

また病室などに盗聴器でも仕掛けておけば、エンウの内部情報を深くまで把握することもできただろう。

「エンウに助けてもらって、なんでそんなことをした⁉」

詰め寄ると、アオの優しげな顔が引き歪み、激しく言い返してきた。

「オワアッァ！　イオイオヲアエウ」

聞き取れていないのに、彼が言いたいことが自然と伝わってきて、鹿倉は膝立ちから腰を落とした。

「……そうか。怖かったから、か」

あの少女と同じなのだ。

助けてくれた相手に感謝しながらも、酷いことをされたくない一心で、遠野に従わざるを得なくなる。

アオはその舌を切られ、足を折られていたという。しかも彼の両親は、自殺に見せかけて殺害された可能性が高い。……その両親こそが、アオを東界連合に売ったのかもしれないが。

子供がそんな失意と恐怖に晒《さら》されて、支配されるなというほうが無理な話だ。また酷いことをされたくない、さらに酷い目に遭《あ》いたくないというのは、人間の当然の自己防衛本能だ。

遠野は内通者にするべく、わざとエンウにアオを助けさせたのだ。

エンウに居場所を与えられて、アオはどれだけありがたくて、苦しかっただろう。本当のことを伝えたい衝動に数えきれないほど苛まれたに違いない。それでも遠野への恐怖に屈しつづけるしかなかったのだ。

身体を引き攣らせながら嗚咽《おえつ》を漏らすアオに、鹿倉は手足を拘束《こうそく》された不自由な身体でにじり寄ると、その肩に手を置けない代わりに、膝がしらに膝がしらをつけた。

「苦しかったな」

そう声をかける。

アオがまるで子供みたいに顔をくしゃくしゃにして、鹿倉の肩口に額を押しつけてきた。

それを受け止めながら鹿倉は表情を険しくする。

――エンウにアオを置いておけば今後も情報収集に活用できたはずだ。そうしないで連れ去ったということは、なんらかの理由でお払い箱にして、今度こそ処分するつもりなのか。

遠野は鹿倉を煉条の餌にすると言っていた。

同じコンテナに入れられているということは、アオも同様に嬲り殺しにするつもりなのかもしれない。

アオの嗚咽が落ち着いてきたころだった。

コンテナのドアが開かれ、鬱屈《うっくつ》を籠めた足取りでダウンコートを腕を通さずに肩に羽織った煉条がはいってきた。身体が左に傾いているのは、拘束袋越しに右脇腹を撃たれたせいだろう。処置はしてあるのだろうが、本来なら安静にしていなければならない状態のはずだ。

「廃棄品同士が、なぁに慣れ合ってんの？」

その凄みの滾《たぎ》る顔つきを見て、般若《はんにゃ》がもともとは美女であったことを鹿倉は思い出す。一途な想いの果てに、般若はあのような形相になったのだ。

「彼を――蓮見敏をどこまで苦しめれば気が済む」

唸《うな》る声音で詰ると、煉条が小首を傾げた。

「どこまで？　苦しいのに限度なんてないけど？」

「……ああ、お前や遠野に良心だとかいう尺度はないか」

吐き捨てるように言うと、煉条が寒気を覚えたかのように身震いした。

「リョーシン？　それがなんの役にたつの？」

コンテナの床にブーツの底を叩きつけるようにしながら近づいてきたかと思うと、鹿倉の前髪を鷲摑みにして仰向かせた。

「リョーシンが煉条を守ってくれるの？」

美しくて恐ろしい顔が近づいてくる。

「リョーシンがなかったから煉条は限度なく苦しまないといけなかった？　リョーシンがあれば、酷い目に遭わなかった？　リョーシンがあったら名無しのまま親に捨てられなかった？

リョーシンがない煉条が悪いの?」

機関銃のように早口でまくしたててから、煉条が醒《さ》めた昏《くら》いまなざしで鹿倉を見た。

それから一転して、今度は甘い呂律でゆっくりと訊いてくる。

「お前にはリョーシンがあるから、煉条からそいつを守れるの?」

「――」

ナイフを首元に突きつけられているかのように、頭のなかが冷たく痺《しび》れる。

煉条は鹿倉の髪を離すと、コートのポケットからフォールディングナイフを取り出した。ひと振りして刃を出す。

横に長い目がにたりと笑む。

手首足首を拘束されたままでは、刃から逃げることもままならない。項から背筋へと冷たい汗が流れていく。

煉条を蹴り飛ばそうとすると、その足を逆に蹴られて、身体をうつ伏せに転がされた。腿の裏に座られて必死にもがいていると、ふいに足が自由になった。続いて手が自由になる。

右手にナイフの柄を握らされた。

「あいつが死んだらゲームオーバーね。どぉせ、煉条が勝つけど」

鹿倉が身体を跳ね起こすと同時に煉条も飛びすさった。

戸口から見える様子からして、どうやらこのコンテナは倉庫に置かれているらしい。しかも、コンテナの外には東界連合のメンバーとおぼしき男たちの姿があった。

外に出ずに、この細長いコンテナのなかで守りに徹するしかない。

「できるだけ奥に行け！」

そう背後のアオに声をかけると、鹿倉はナイフを握り締めた。

煉条が肩にかけていたダウンコートを外に放る。存分に暴れるためだろう。コートの下に着ていたのは、地下闘技場で着用しているラバースーツにも見える上下だった。

「試合開始ぃ」

獣が力を溜めるときのように身を低くしたかと思うと、煉条の身体が跳躍《ちょうやく》した。横をすり抜けてアオに突進しようとする煉条に鹿倉は飛びかかる。その鹿倉の腕を煉条が摑んで捻じる。腕を折られまいとしてとっさに身体を床に転がしたところで腹部にブーツの爪先をガッと入れられる。吐き気を覚える痛みにこらえて、鹿倉は煉条の足を摑んでひねった。

いつもの煉条であれば鹿倉の攻撃などいなしたのだろうが、手負いで踏ん張りが効かないらしい。煉条がコンテナの壁に側頭部を打ちつけながら倒れる。

とたんに、弾けるような哄笑《こうしょう》がその口から漏れた。

攻撃性が加速した煉条が鹿倉の頭を両手で摑み、容赦《ようしゃ》ない力で床へと後頭部を何度も叩きつけていく。頭のなかがグシャグシャになるような衝撃のなか、鹿倉は手にしたナイフで煉条の手の甲を突き刺した。

哄笑がいっそう激しくなる。

……嗤《わら》っているのに、どこか断末魔の叫びを彷彿《ほうふつ》とさせる。

鹿倉に乗ったまま煉条が左手の甲を獣のように舐めた。その口許が血で紅《あか》く染まっていく。

凄惨《せいさん》な美しさだった。

「なんで首を刺さなかったの？　こないだは煉条の蜥蜴を傷つけたくせに。殺す覚悟がないから？」

殺す覚悟があるのかないのかと問われれば、煉条に対してはない。

自分のなかの善悪の目方が振り切れるほどの爆発的な憎悪がなければ、それを担《にな》うことはできないからだ。

鹿倉は濁った声で呟く。

「俺が殺せるとしたら……遠野だけだ」

煉条が目を見開いて憤りに全身を震わせた。

「は？　遠野を、殺す？」

頬に拳をゴッと入れられて視界が飛ぶ。取り上げられたナイフをコンテナの奥へと放られた。

「遠野を殺そうとする奴は、煉条が殺す。殺して殺して殺しまくる」

次の拳が振り下ろされる前に鹿倉は上体を跳ね起こした。その勢いのまま煉条の顎に頭を叩きつける。

「あぐ……っ」

衝撃に白目を剝いたまま、煉条が鹿倉の顔面を両手でぐしゃぐしゃに握り潰そうとしてくる。息ができず、きつく閉じている瞼のあいだから指がはいってこようとする。凄まじい恐怖と混乱がこみ上げてきて、無意識のうちに鹿倉の両手は煉条の首にかかる。

——俺は……。

煉条に殺されるのだろうか？　煉条を殺すのだろうか？

切羽詰《せっぱつ》まりながら目まぐるしく思う。

自分が死んでも、ゼロは遠野と東界連合を潰す戦いを続ける。けれどもそれでは、誰がゼロを守るのだろう？　桐山はその気になればエンウごとゼロをひねり潰すことができるのだ。しかも遠野は李アズハルという後ろ盾を得て東界連合を多国籍犯罪組織へと進化させることが可能なのだ。

——生きないと……俺は、生きないとならない。

あるだけの力を両手に籠めたときだった。

なにかが煉条の身体にぶつかったのがわかった。それほど強い力ではなかったようだが、鹿倉の顔から両手が剝がれた。

眼球を圧されていたせいで瞼を開けても、目の焦点がうまく合わない。

滲《にじ》み絵のような視界のなか、自分と抱き合うようなかたちで腿に座っている煉条が身体をくねらせる。

煉条の右腰のあたりになにかがついている。

鹿倉は目を眇め、それがナイフの柄であることに気づく。

すぐ傍で、腰が抜けたようにアオが尻餅《しりもち》をついていた。

手足を拘束された不自由な身で、アオは鹿倉を助けようと、後ろ手でナイフを煉条に突き刺したのだ。

煉条が凄い笑みを浮かべてアオを横目で見る。

「殺す」

ガタガタ震えながら後ずさるアオへと、煉条が飛びかかった。

みぞおちに拳を入れられて、アオがぐったりと横倒しになる。

そのアオの頭を蹴ろうとする煉条に、鹿倉は羽交い締めをかけた。すると煉条が鹿倉をなかば背負うかたちで後ろに跳んだ。コンテナの壁に後頭部と背中を激しく打ちつけられる。

それは被弾した右腰にさらにナイフが刺さっている状態の身に凄まじいダメージを与える自滅行為であるはずなのに、煉条はいっさいの加減をしない。

二度、三度、四度とコンテナに身体が激突する。

もしここで煉条を放せば、アオも自分も確実に殺されることになる。それなのに意識が接触不良を起こしだす。意識が飛ぶ時間が次第に長くなっていく。

……騒音が波のように押し寄せてきて、鹿倉はハッとして瞬きをした。

コンテナの外に、怒声や衝撃音が満ちていた。

開いたままのドアのほうを見ると、乱闘する男たちの姿があった。

――間に合ってくれた……っ。

ゼロたちはアオを取り返すために、連れ去ったワゴン車の行方を追っていた。

そして同時に、戻ってこない鹿倉の行方をカタワレがＧＰＳで捜してくれていたに違いない。

そのどちらかのルートか、あるいはふたつのルートの照合から、この倉庫が割り出されたのだろう。

コンテナに黒いコートを翻《ひるがえ》しながらゼロが飛びこんできた。

「陣也《じんや》！」

強い声で名前を呼ばれた瞬間、まるで頰を張られたかのように意識が鮮明になった。いまにも煉条を放しそうになっていた腕が力を取り戻す。

「アオも、ここにいるっ」

教えると、ゼロが倒れているアオを見てから、こちらを睨みつけた。煉条に向けられたその表情は、鹿倉が目にしたことのない狂暴なもので、その闇を圧縮した眸では凄まじい融合《ゆうごう》反応が起こっていた。

まるで暴風に正面から殴りつけられているかのような圧迫感に、息が詰まる。恐怖に、全身の毛穴が開いて体温を奪われていく。身体が芯から震えた。

――……これが、ゼロなのか。

この男の本質を自分はまだわかっていない。それを思い知らされる。

「ゼロ……アオは蓮見敏だった」

そう告げると、ゼロもまたアオが連れ去られたことから推察していたのかもしれない。すぐにすべてを察する。

「遠野の支配から抜け出そうとして、処分に回されたか」

ゼロが煉条のすぐ前に立ち、彼の脇腹から突き出ているナイフの柄を握った。

「お前は、遠野にいつまで支配されてる気だ？」

濁りきった声で煉条が返す。

「支配されてるんじゃない。煉条が遠野を選んだ」

「違うだろう。お前はもともとはこっちにいるべき奴だ」

「はぁ？」

煉条が身震いして怒鳴る。

「お前もお前の仲間も、煉条を助けにこなかった！　警察だって煉条を助けなかった！　それなのに、なんで正義ぶって偉そうなわけ？」

「遠野がお前を助けたのは、ただ支配して利用するためだけだ。本当はわかってるんだろ」

ゼロの顔に煉条が唾《つば》を吐きかける。

「どんな理由でも、煉条をあの地獄から救ってくれたのは遠野だ。遠野は煉条の頭を撫でてくれた。メシも寝床もくれた。『本名』もくれた。それだけが本当だ」

「遠野こそ、数えきれない人間を地獄に送りこんでる張本人なんだぞっ」

「ほかの奴なんてどーでもいい。知らない。煉条には関係ない…っ」

ナイフの柄をゼロが強く握ったのが伝わってくる。煉条の呼吸が乱れる。

「同じルーツをもつお前を殺したくない」

感情を極限まで抑えこんだ声でゼロが言うと、煉条が項垂《うなだ》れた。その身体がガタガタと震えだす。嗤いの震えだ。

壊れた抑揚《よくよう》で煉条がまくし立てる。

「親は――あのクソ女は煉条のことをアンタとしか呼ばなかった。煉条を公園に置いていなくなった。お菓子をくれる奴についていったら、ヤられて閉じこめられた。何年も何年も閉じこめられて、たくさんの男にヤられつづけた。ヤり殺されそうになったとき、あのクソ女に助けてって叫んでる自分に気がついて、もう死んでよくなった。死んでもいい煉条に、客で来た遠野だけが手を差し出してくれた。煉条に酷いことした奴らを消してくれた」

最後のほうは嗤いに言葉が弾んでいた。

そのまま煉条はひとしきり哄笑をあげた……幼い煉条はもしかすると、酷い目に遭うときに

嗤っていたのかもしれない。彼にできる抵抗と防御はそのぐらいだっただろう。

哄笑がふいに途切れ、煉条が誘惑するように囁いた。

「殺せば？　どうせ煉条は死んでいいんだから」

煉条を遠野から引き剝がすことはできない。

それならばエンウを守る者として、ゼロはなにをなすべきか……。

身体を密着させている鹿倉には、ゼロがナイフの柄に新たな力を加えようとしているのが伝わってきた。

致命傷にするために、ナイフを回そうとしているのだ。

煉条の身体がビクッビクッと跳ねる。

「ぁ……」

溜め息のような弱い声を煉条が漏らした。

自分には、その権利がない。

そうわかっているのに、どうしても自分の動きを止められなかった。ゼロの手首を摑んで、ナイフから外させる。

「陣也、なにを――」

羽交い締めが解けた煉条がゼロの腹部を踵《かかと》で蹴り飛ばす。よろけたものの踏みとどまったゼロが煉条に飛びかかるが、それを躱《かわ》して煉条がコンテナから飛び出した。激しい音とともにドアが閉められ、外から鍵をかけられる音がした。

鹿倉は壁に背をつけたままその場にしゃがみこむ。

自分はただゼロが煉条を殺すことを受け入れられなかったのだ。その勝手な思いのためだけに、今後もエンウに害を為《な》しつづけるであろう煉条を逃がすことになった。

——俺は、どこまでも甘ったるいコクミンだ。

いくら柵に近づいても、ゼロと同じところには行けない。

「すま、ない」

ゼロはなにも答えなかった。

アオのところに行き、様子を見る。

「気を失ってるだけだな」

安堵の息をついて——ゼロがアオの頭をそっと撫でた。

エピローグ

神谷町《かみやちょう》の駅からマンションへと向かっていると、見覚えのあるセダンが徐行運転でついてきた。重い気分のまま、その後部座席に乗りこむ。

「中目黒《なかめぐろ》でゼロが待ってます」

運転席からカタワレが伝えてくる。

「……アオはどうなった？」

「保護してます。アオの状況を見抜けなかった自分に責任があると、ゼロは言ってます」

「あいつらしい判断だな」

しばらく沈黙が続いたあと、カタワレが言ってきた。

「あの晩、イヤホンマイクをオフにしたままだったのは大迷惑でしたが、貸しにしておきます。結果的に、拉致《らち》されてくれたお陰でアオを救出できましたから」

苦いものが口のなかに溢れるのを感じながら鹿倉《かぐら》は呟く。

「遠野《とおの》にはまんまと逃げられたけどな」

あの後、桐山《きりやま》から遠野はもう不可侵城《ふかしんじょう》にはいないと教えられたのだ。

「私としては不可侵城のシステムをハッキングできることがわかって収穫がありましたが」

「楽しそうな声だな」

「ええ、あれは楽しかったですね。ゾクゾクしました」

その答えに鹿倉の頬は自然と緩んだ。

思えば、リキは地下闘技場で、ハイイロは闇カジノで、それぞれに自身の力を発揮《はっき》しつくして輝いていた。

ヒ・コクミンは決して恵まれないだけの存在ではない。

そう思いたがるのはコクミンの傲慢《ごうまん》さなのだろうか。


笹団子のストラップのついた鍵でドアを開ける。

廊下も奥のリビングも暗い。

わざわざ迎えを寄越しておきながらいないのかと鼻白んだが、閉められた寝室のドアの輪郭《りんかく》が光を漏らしていた。

ドアノブを握って、鹿倉は動きを止める。

自分は煉条《れんじょう》を逃がしてしまったのだ。

あの時の判断を、後悔はしていない。もう一度同じ場面が繰り返されたら、やはり自分はゼロに煉条を殺させないだろう。

ゼロに近づきたいと願うほどに、自分のなかの揺るがせない部分が彫り出されていく。

そしてゼロに近づききることはできないのだと思い知る。

もどかしくて苛立たしくて……苦い気持ちが胸に充満していた。

握っているドアノブが急に手のなかで回って、向こう側に開いた。

「焦《じ》らしてるつもりか？」

思いっきり焦れた顔をしているゼロのみぞおちを、鹿倉は拳で軽く殴る。するとゼロが小さく呻き声を漏らした。ふざけて演技でもしているのかと思ったが、ゼロが右胸の下を押さえて言う。

「たぶん罅《ひび》がはいってる」

「……煉条に蹴られたときか？」

「さすが地下闘技王の蹴りは違うな。まぁ五発も弾《たま》受けて、こっちの鍛《きた》え方《かた》が甘くなってたのが大きいけどな」

負けず嫌いを匂わせる男を鹿倉はじっと見詰める。

考えるより先に口が動いていた。

「服を脱いで身体を見せろ」

自分が知ることのできるゼロは、ほんの一部でしかない。だからせめても、肉体に刻まれているものに目を凝《こ》らしたかった。

「陣也《じんや》からのオネダリには応えねぇとな」

ふざけたように言いながら、ゼロが丸首の七分袖シャツを裾から捲り上げて脱いだ。革のパンツと下着をひとまとめに下ろして、靴下も一緒に床に放る。

左脚に重心をかけて、ゼロが衒《てら》いもなく恵まれた体軀とそれを鎧《よろ》う筋肉を晒す。

鹿倉はゼロへと近づき、左の肩口に触れた。左の二の腕に、左脇腹に、右腿に、左脚の脛《すね》に、触れていく。五つの銃創を確認して呟く。

「ぜんぶ正面から受けたのか」

おそらく背後にエンウのメンバーを守って戦ったのだろう。

改めてゼロの周りを回って、なにも見逃さないように目を凝らす。

こうして明るいなかで検《あらた》めると、彼の肉体に呑みこまれたいくつもの刃物や弾丸の傷を見つけることができた。

同情ではない。畏怖《いふ》と尊敬の念に、鹿倉は胸に痛みを覚える。

目の縁が紅くなっているのがわかって気まずさに苦い顔をすると、ゼロが命じ返してきた。

「服を脱いで身体を見せろ」

「え?」

「人にストリップさせたんだ。お前もサービスしろ」

「……いや。今日はやめておく」

そう返すと、ゼロに正面から首を摑まれた。

「見せられない理由でもあるのか?」

ゼロの言葉と表情から、彼がなにかを察しているのだとわかった。

それにゼロは自分に傷を見せてくれたのだ。

自分も、傷を見せなければならない。

コートとジャケットを一度に腕から抜いて、床に投げる。そのうえにネクタイ、ワイシャツ、スラックス、下着、靴下が重なる。

全裸になって顔を上げると、ゼロの顔が憤りに赤らんでいた。

その黒々とした眸が、鹿倉の身体中についている引っ掻き傷を辿っていく。

「桐山と、なにがあった？」

腹に響く低い声で問われる。やはり、カジノで賭けをしたあとに鹿倉が桐山とともに彼のマンションに行ったことを、ゼロは把握していたのだ。

「あいつとヤったのか？」

「そこまではしてない」

セックスはしていない。けれども思い出すだけで、どうしようもない屈辱感がこみ上げてくる。

「ただ、舐められただけだ」

舐められた場所を無意識のうちに掻き毟《むし》ってしまう。眠っているときは特に酷く、朝になるとシーツに血がついている。

そうしていくら表面を引っ掻いたところで、桐山の唾液が骨にまで染みこんでいるかのような気色悪さが消えることはなかった。

「遠野の居場所を聞き出すのに必要だったってことか？」

それは違う。

けれども本当のことは決して言いたくなかった。

——ゼロとエンウを守りたいと思ったのは俺だ。だから俺は俺のために、あの行為を受け入れた。

「そんなところだ」

ゼロの鼻の頭には不快でたまらないと言いたげに皺が寄せられていた。

指が食いこむ強さで二の腕を掴まれ、ベッドに突き飛ばされる。

「その引っ掻き傷のあるところを舐められたわけだ？」

シーツに膝をつきながらゼロが訊いてくる。

威迫の圧に抗えず、鹿倉は身体を仰向けに倒した。思いきり犯せば気が済むというのならば、それを引き受けるまでだ。

嵐をやり過ごそうと瞼を閉じると、鎖骨《さこつ》のあたりにぬるりとした感触が生じた。それがちろちろと蠢きながら胸を這いまわりだす。

……目を閉じていると、どうしても桐山にそうされたときのことが甦ってきてしまう。

薄目を開けたとたん間近から黒い眸に見返された。

「あいつの感触をぜんぶ舐め取ってやる」

そうされたくて、鹿倉は瞬きで同意を返す。

そしてしっかり目を開き、自分の身体を厚みのある舌で舐めまわす男を凝視した。

引っ掻き傷が集中している両の乳首を、こそげ落とすかのようにゼロが執拗《しつよう》に舐め叩く。

「ん…ぁ」

身体の芯にあっという間に甘い痺れが絡みつき、自然と声が漏れる。

――やっぱり全然違う。

このうだるようなたまらない感覚は、ゼロとでなければ味わえない。自分がこんなふうに昂《たか》ぶるのはゼロだからなのだ。

ひと舐めされるごと、その実感が身にも心にも染みわたる。

鹿倉はいつしか舐めてほしい場所をみずからゼロの舌先へと差し出していた。

両腕からも桐山の記憶が舐め取られ、脇腹を舐められる。

よじれる腰をゼロに押さえつけられて、濁った声で問われた。

「ここも舐められたのか?」

反り返ってすでに先走りを漏らしているものを、鹿倉は見る。

「……そこはされてない」

「本当だな?」

「引っ掻き傷がないだろ」

ゼロに眺めまわされて、ペニスが新たな先走りを大量に零す。

「確かに、ないな」

そう言いながら上げられたゼロの顔は、露骨に嬉しさと安堵を滲ませていた。

舐めてほしいのにペニスは避けたまま、唾液が溜まるほど臍《へそ》を舐めてから、脚へと舌が流れていく。足の指まで舐められて、くすぐったさともどかしさにペニスがヒクつきだす。

我慢できずに下腹部に手を伸ばそうとすると、手首を摑まれて阻《はば》まれた。

「俺の舌だけを感じろ」

もしかするとこれは、罰《ばつ》でもあるのかもしれない。

発情に朦朧《もうろう》となっていると肩を摑まれた。うつ伏せにされそうになって、鹿倉は思わずゼロの手を撥ね退けた。

「もういいだろう」

ゼロの目を見られずに視線を逸らしながら言うと、顎をグッと摑まれて顔を覗きこまれた。

「見せられない理由でもあるのか？」

言葉が出ずに唇を嚙み締めると、力ずくで身体をうつ伏せにされた。這いずって視線から逃げようとするのに腰を摑まれ、そのまま膝をつかされた。

臀部には蚯蚓《みみず》腫《ば》れが無数に走っているに違いなかった。

強張る尻を大きく出した舌でなぞられる。そして指で力を籠めている狭間を割り拡げられた。

ゼロの呼吸が荒く乱れる。

「ここを、どうされた?」

特に傷んでいる後孔のあたりがヒリヒリする。

答えずにいると「あいつに舐められたのか?」と訊かれた。無言で頷くと、ざらつく低い声でさらに尋問《じんもん》される。

「挿《い》れられたのか?」

鹿倉は額をシーツに押しつけた。

「陣也、答えろ」

「……舌だけ、だ」

朝陽のなか桐山の舌にそこを満たされて、射精寸前まで追い上げられたのだ。

これまでゼロにもされてきた行為で、騒ぐようなことではない。そう自分に言い聞かせようとしても、思い出すだけで屈辱感に身体がカタカタと震える。

ゼロの舌が憤りをぶつけるように、窪《くぼ》みをきつく舐めてきた。顔が見えていないせいだろう。

桐山にそうされたときの感覚がなまなましく甦ってきて、鹿倉の身体は反射的に逃げを打った。

「あいつを塗り潰させろ」

唸るような声で要求される。

そのためにはゼロの姿を視界に入れている必要があった。

鹿倉は険のある顔つきで、仰向けに身体を倒した。そうしてみずからの両膝の裏に手を入れて、身体を丸める。

「お前の舌をくれ」

こめかみのあたりがズキズキするほど熱くなるのを覚えながらねだる。

ゼロが唇を半開きにして目を眇めた。

「いくらでもくれてやる」

言い放つと、ゼロが足の狭間にかぶりつかんばかりに顔を押しつけてきた。その勢いのまま、ずぶりと舌がはいってくる。

「ぁ…ぁ——」

瞬きもせずに、鹿倉はゼロを凝視する。

闇を圧縮したような、力に満ちた黒い眸。厚みのある熱っぽい舌。

——これはゼロだ。

忌まわしい視覚と触覚の記憶が塗り潰され、ゼロに染められていく。

全身がビクビクと跳ねた。腫《は》れきった茎が壊れたみたいに先走りをだくだくと溢れさせる。それが喘《あえ》ぐみぞおちを濡らしていく。

伸ばした舌に粘膜越しに凝りをくじられると、ペニスがわななき、体液が透明なものから白いものへと変わった。

「う…っ…ぁ」

粘膜が痙攣《けいれん》しながら収縮して、舌を押し出す。

あられもなく蠢いてパクつく孔《あな》をゼロに晒しながら、鹿倉は腹の奥深くに痛いほどの疼《うず》きを覚える。

「どこまでも煽りやがって」

咎《とが》める声音で呟いて、ゼロが圧しかかってきた。

拒むように蠕動《ぜんどう》する粘膜が、ゴツゴツとした硬いペニスに容赦《ようしゃ》なく拡げられていく。

力まかせに半分ほど沈めたところで、ゼロが呼吸を乱してわずかに顔を歪めた。鳩がはいっている肋骨が痛むのだろう。

鹿倉はもがいて繋がったまま上体を起こすと、男の厚い肩を押した。

ゼロが仰向けに身体を倒して、こちらを見上げてくる。その表情には劣情《れつじょう》と妬心《としん》と苦痛が入り混じっていた。

強靱《きょうじん》な男が、自分のせいで精神も肉体も乱しているさまに、今度は鹿倉のほうが煽られる。

視線を絡めたまま、いまだ挿入しきっていないペニスに手を伸ばす。激しく浮き立っている筋を指先で感じる。

ゆっくりと腰を落として、ドクドクと脈打つペニスを含んでいく。

「あぁ」

根元まで含んだとき、意識が揺らぐほどの強烈な痺れが腹の底から全身へと波打つように拡

がった。桐山との行為で生じた火花が、圧倒的な体感に塗り潰されていく。

もっと完全に抹消《まっしょう》したくて、鹿倉は両膝を立てるとゼロの両脇に手をついた。そうして円を描くかたちで腰を動かしていく。それが次第に螺旋《らせん》となり、上下の律動へと変化する。しかし全身に痺れが停滞しているせいか、動きは緩慢《かんまん》だ。

ゼロに項を摑まれる。

「露天風呂を思い出すな」

湯に阻まれたときのもどかしさに、確かに似ていた。

そしてあの時と同じように、ゼロが激しく腰を遣《つか》いはじめる。肋骨の痛みにしかめられた顔がひどく扇情的だ。

男の動きに合わせて、鹿倉もまた結合部がより激しく擦《こす》れるように同調していく。

どんどん熱くなっていく体内はもう火を放たれているかのようで、いまにも意識が飛び散りそうだ。痙攣する自分のペニスからいま流れ出ている体液がなんなのかも判別できない。

「陣也、っ…、う、っぐ」

苦しさが極限にいたったかのような声で呻いて、ゼロが腰をぐうっと上げた。

根元まで突き刺さったものが射精に荒々しくのたくるのを鹿倉は感じ、めくれた唇で震える吐息を漏らす。

背骨を抜かれたみたいに身体がぐったりとする。それでもゼロの肋骨を気遣って体重をかけまいとしたが、下から強い腕に抱きこまれた。

耳元にゼロの満足げな呼吸をかけられ、囁かれる。

「陣也、また旅行に行こうな」

なんでもない誘いに胸が震えた。

自分たちは、無駄で贅沢《ぜいたく》な時間を共有していい関係になっているのか。

そして、鹿倉は気づく。

――いまも、そうなのかもしれない……。

新潟《にいがた》からの帰り、自宅マンションに向かいながら、旅行のあと特有の侘《わび》しさを覚えていないのを不思議に思ったのだ。

それは自分たちがまだ旅の途中なのだと感じられたからではないだろうか。

従姉《いとこ》を喪《うしな》ってから余裕なくひとりで突き進んできた険しい路《みち》に、ゼロが加わってくれた。

互いを飼うという契約更新のための行為はいつしか、互いを求めあうためのものとなった。

そしてそのことを素直に受け入れ、悦びを感じている自分がいる。

こんな無駄で贅沢なことを許せるように、自分はゼロによって変化させられたのだ。

ゼロもまた、鹿倉のために心を乱すことを自身に許してくれている。

いまなら口にしていいと感じられた。

顔を上げて、煙雨《えんう》に湿る深い夜のような眸を見詰める。

「俺は、お前とエンウを守りたい」

その眸に迷いが浮かぶ前に言葉を重ねる。

「お前が警察官としての俺を守ってくれているように、俺はエンウを支えるお前を守る」

「……それは打診じゃなくて、決定してることの報告か？」

「そうだ」

ゼロが溜め息をついて、鹿倉の頭を撫でた。

「それなら仕方ねぇな」

ゼロが握り支えている、途轍《とてつ》もなく大きくて重い傘《かさ》の柄。

やっと、それに少しだけ触れることができたのだ。

「ああ、仕方ない」

黒い髪を撫で返してやると、ゼロが唇を半開きにして笑った。いつもの笑い方とは違う、ふわりとした子供じみた笑い方だ。

胸に甘くて痛いものが流れて、鹿倉はその唇をそっと啄《ついば》む。

これがなんのキスなのか、いまはわかる気がした。

AFTERWORD

あとがき

――沙野風結子――


こんにちは。沙野《さの》風結子《ふゆこ》です。

今作は、「獣はかくして交わる」の続編となります。

また鹿倉《かぐら》やゼロ、カメレオン桐山《きりやま》、カワウソくんと再会できて嬉しかったです。

そしてさらに新登場にして今作の裏主人公でもある煉条《れんじょう》は書いていて愉《たの》しくて仕方ありませんでした。

舞台を不可侵城《ふかしんじょう》に移して暗部探索が進み、鹿倉もトラウマを深掘りしている状態ですね。

鹿倉もゼロも余裕をなくしてますが、そのなかでも「贅沢《ぜいたく》」をしています。

遠野《とおの》も登場しました。あれは成育歴がどうのでなく、生まれつき壊れてるヒトデナシです。

エンウメンバーにもそれぞれスポットライトを当てられてよかったです。カジノシーンが書いててけっこう楽しかったのですが、伝わってくれたら嬉しいです。

あ、今回の裏テーマは舐《な》めまわしプレイでした。桐山は犯すことより、心理的にも物理的にもネチネチ嫌がらせをすることで昂《たかぶ》るタイプですね。ゼロの嫉妬《しっと》爆発お清め舐め舐めまででワンセットです。

収録されているSS「マウンティング」は、今作の前の時系列となります。ふたりの関係の変遷《へんせん》を振り返っていただければと思います。

イラストをつけてくださった小山田《おやまだ》あみ先生、今回も本当にありがとうございます。最高にクールで熱くて男の色香だだ漏れのイラスト群を銃弾爆撃してくださって、もう滾《たぎ》りが止まりません。キャララフでどのキャラも魅力がありすぎて涙ぐみました。（煉条最高です！　口惜《くや》しいけど遠野にまでグラッと…）

担当様、いつも私の斜《なな》め萌えを支援してくださって、ありがたい限りです。

出版社様ならびに本作に関わってくださったすべての関係者様に感謝を。

そして本作を手に取ってお付き合いくださった皆様、お陰様でふたたび「かくして」をお届けすることができました。本当にありがとうございます。

どんな部分でも、どこかしら愉しんでいただけるところがあったことを切に願っております。

反応してくださった方々のお陰で、来春の小説ディアプラス・ハル号に、さらなる続編を載せていただける予定なのです！　男前たちをお送りできるように励《はげ》みますね。

＋沙野風結子＋

マウンティング

スモークフィルムが貼られた窓に、対向車線からのヘッドライトの光が満ちる。その瞬間、向かいのシートに身を沈《しず》める男の黒々とした髪と眸《ひとみ》が闇《やみ》から切り分けられて、鮮やかに浮かび上がった。しかしすぐにまた薄闇へと沈んでいく。

変わらないのは、男の視線が揺らぐことなく、自分へとそそがれていることだ。

鹿倉陣也《かぐらじんや》もまた続く沈黙のなか、視線を男――ゼロへと据《す》えつづける。

私怨《しえん》と仕事のために、鹿倉はゼロを飼い、またゼロは鹿倉を飼っている。だが、そこに甘ったるい馴れ合いはない。

セックスをしても、それは契約の証《あかし》であり、相手の頭を抑えることを互いに決して忘れない。

また、鹿倉から見るとさかしまに景色を流す車窓を、ヘッドライトの光が染めた。

ゼロの姿が浮かび上がっては沈む。

そのさまを凝視《ぎょうし》して、鹿倉は考える。

――俺はこの男のことを、どれだけわかってる?

人に理解されることなど、望まない男だ。

その望まれていないことに、しかし自分はいつからか意識を囚《とら》われるようになっていた。この男のかかえる無数の闇のひとつひとつを、どうすれば見ることができるのだろう。

いつか暗順応したら、見えるようになるのだろうか？

――……その時、俺は…………。

ゼロに向けていた意識が内側に向かいかけたのと同時に、向かいのシートから手が伸びてきた。頬に触られて、強制的に意識をゼロへと引き戻される。

「頬が少し削《そ》げてるぞ」

「相変わらず、国内外の輩《やから》が暴れまわってくれてるからな」

外国人の組織犯罪を取り締まる警視庁組織犯罪対策第二課は、国の境界線など易々《やすやす》と踏み越える昨今のノールールな不法行為に、処理速度がまったく追いつかない状態だ。

ゼロがにやりとして、鹿倉の頬を親指でなぞり上げる。

「コクミン様は大変だな」

違うところに立つ者の余裕を見せつけられて、鹿倉は舌打ちしながらゼロの手を退《しりぞ》けると、ワゴン車を運転しているカタワレに声をかけた。

「この辺でいい」

路肩に寄せて車が停められる。

「じゃあな」

ぞんざいに言って後部ドアを開けようとすると、二の腕をぐいと摑まれた。

横目で見返ると、ゼロに険《けわ》しい声で問われた。

「今日、桐山《きりやま》に会っただろう。その報告はなしか?」

鹿倉は目をしばたたき、苦笑した。仕事帰りに待ち伏せされていてこのワゴン車に乗ったのだが、その割にゼロのほうからはなにも話を振ってこなかった。妙だと思いながら視線を闘《たたか》わせていたのだが、桐山のことが本題だったわけだ。

「初めから素直にそう訊《き》けばいいだろう」

「桐山のことはどんな些細《ささい》なネタでも俺と共有しろ」

「心配してくれてるのか?」

「はぐらかすようなことでもあったのか?」

しつこく裏を探ろうとする男に、鹿倉は呆《あき》れ笑いを漏らす。

桐山検事は確かに今日、警視庁本部庁舎を訪れた。

「エンウの奴《やつ》らに桐山を尾《つ》けさせてるわけか」

「答えろ」

不機嫌な皺《しわ》を眉間《みけん》に刻みながらゼロが威迫《いはく》してくる。

「ただの会議だ。個人的には会ってない」

こんな報告をするなどまるで恋人かなにかのようで、腹がむず痒《がゆ》くなる。

今度こそ降車しようとドアに手をかけると、しかしふたたび腕をぐいと引っ張られた。放るようにシートに座らされる。

「おい、なんのつもりだ」

その鹿倉の言葉にゼロが言葉を被《かぶ》せる。

「この辺をもう一周しろ」

運転席のカタワレが意を汲《く》んで、「大きめに一周しておきます」と返す。

「ゼロ——」

文句をつけようとすると、ネクタイを一気に緩《ゆる》められた。ワイシャツの首元のボタンを弾《はじ》き飛《と》ばさんばかりに開けられ、首筋に吸い跡がついていないことを確かめられる。

「納得したか？」

シートの背凭《せもた》れに手をついて覆《おお》い被《かぶ》さっているゼロの厚みのある胸部を、鹿倉は苦笑いとともに掌《てのひら》で押す。しかしゼロはビクともせず、いっそう前傾姿勢になった。

剣呑《けんのん》とした目が間近で眇《すが》められる。青みを帯びた白目がぎらりと光る。

「会議中に、あいつに見られてたんだろ」

……確かに桐山は会議中、幾度《いくど》も鹿倉を見詰めてきた。

カメレオンの舌が顔中を這《は》いまわっているようなその感覚が思い出されて、鹿倉はぶるりと身震いした。

「思い出させるな」

「思い出せなくしてやる」

そう呟いて、ゼロが顔に舌を這わせてきた。

「っ…やめろ」

ゼロの頭を摑んで離し、視線でカタワレがいることを指摘すると、ゼロがにやつく。

「なんだ、いまさら。あいつの前でしゃぶったのを忘れたのか？」

「――」

生まれて初めて男への口での奉仕を強《し》いられたとき、カタワレはすぐ傍《そば》に立っていたのだ。

反論を考えているうちに唇をべろりと舐《な》め上《あ》げられた。

脚のあいだにゼロが膝をぐいっと入れてくる。その膝を退《ど》かそうとゼロの頭から手を離すと、口のなかにずぶりと舌を挿《い》れられた。

「ん――、ン」

舌をぐちぐちと舐めまわされる。

キスの主導権を奪われるまいと、鹿倉も舌で応戦する。それは結局はゼロを煽《あお》る結果となり、気が付いたときにはワイシャツの前をすべて開けられて、胸を嬲《なぶ》られていた。

喉奥から舌をずるずると抜かれる。

「腰が動いてるぞ？」

劣情《れつじょう》にぐらつく視線を下に向けると、男の太い指に捻《ね》じられている乳首《ちくび》が見えた。その周辺の皮膚《ひふ》は数日前のセックスのときにゼロに吸われまくったせいで、広範囲に紅《あか》く爛《ただ》れている。

そして指摘されたとおり、自分の腰は淫《みだ》らに動いていた。

ゼロの膝頭に、懸命に性器を擦《こす》りつけている。

「俺のが欲しいのか？」

耳元で囁きかけられたとたん、自分のものがとろりと先走りを漏らしたのがわかった。スラックスで押さえつけられている下腹部に、痛みすら覚える。

これではまるで自分ばかり余裕をなくさせられているみたいだ。

鹿倉はゼロを睨《にら》みつけると、彼の革《かわ》パンツの前を開いてそこに手を突っこんだ。すると、みずから下着を押し退けるようにして膨張《ぼうちょう》したペニスが弾《はず》み出《で》た。

――お互い様か。

笑いを嚙みながら腫《は》れぼったい先端を指で弾いてやると、透明な蜜《みつ》がピッと散る。

鹿倉は間近からゼロの顔を覗きこみ、甘く濁《にご》った声で煽《あお》り返《かえ》す。

「俺のことが欲しくてたまらないのは、お前のほうだろう。なあ？」

好物を目の前に吊《つ》るされた獣《けもの》の顔を、ゼロがする。

むしゃぶりついてこようとしたゼロのノーガードの喉を拳《こぶし》で殴りつけて、向かいのシートに突き飛ばす。

ちょうどそのタイミングでカタワレが訊《き》いてきた。

「もう一周しますか？」

「停めろ。降りる」

ワイシャツのボタンを留めながら今度こそ、鹿倉は後部ドアを開いて降車する。

喉を押さえているゼロに、もう一発食らわせてやる。

「お前な。あんまり可愛《かわい》く嫉妬《しっと》するな」

ゼロが目を見開いてから、えらく複雑そうな表情になる。

溜飲《りゅういん》が下がって、鹿倉は気分よくドアを閉めた。

マンションのエントランスにはいり、エレベーターを待っていると、駆け寄ってくる靴音が響いた。一瞬、ゼロが追ってきたのかと身構えたが。

「お疲れ様ですー！」

早苗優《さなえすぐる》がコンビニ袋を手に駆け寄ってきた。

「なんだ、眼鏡《めがね》カワウソか」と呟くと、早苗が「だから、それパワハラですから」と頬を膨《ふく》らませ――小首を傾《かし》げた。

眼鏡の奥の目がじっとりとした糸目になる。

「鹿倉さん、デート帰りですよね」

「違う」

即答すると、早苗がちょっと軽蔑《けいべつ》したように言ってきた。

「その十八禁顔で外を歩くの、禁止ですから」

この本を読んでのご意見、ご感想などをお寄せください。
沙野風結子先生・小山田あみ先生へのはげましのおたよりもお待ちしております。

〒113-0024　東京都文京区西片2-19-18　新書館
[編集部へのご意見・ご感想] 小説ディアプラス編集部「獣はかくしてまぐわう」係
[先生方へのおたより] 小説ディアプラス編集部気付　○○先生

- 初出 -
獣はかくしてまぐわう：小説ディアプラス2022年ハル号（vol.85）掲載のものに、
10章～エピローグまでを書き下ろし加筆
マウンティング：小説ディアプラス2021年ハル号（vol.81）

[けものはかくしてまぐわう]
獣はかくしてまぐわう

著者：**沙野風結子** さの・ふゆこ

初版発行：2022年11月25日

発行所：株式会社 新書館
[編集] 〒113-0024
東京都文京区西片2-19-18　電話（03）3811-2631
[営業] 〒174-0043
東京都板橋区坂下1-22-14　電話（03）5970-3840
[URL] https://www.shinshokan.co.jp/

印刷・製本：株式会社 光邦

ISBN978-4-403-52563-6